à Bernard et Gaëlla
à Marie
à ma famille
et
à tous ces anonymes
qui m'ont tant aidée

GAGNER

Si vous pensez que vous êtes battu, vous l'êtes.
Si vous pensez que vous n'oserez pas,
   vous ne le ferez pas.
Si vous aimez gagner mais pensez
   que vous ne le pouvez pas,
votre défaite est quasi certaine.
Si vous pensez que vous allez perdre, vous êtes perdu,
car le succès commence avec la volonté.
Tout est une question d'état d'esprit.
Les batailles de la vie ne sont pas toujours remportées
par le plus fort ou le plus rapide des hommes.
Mais, tôt ou tard, l'homme qui gagne
est celui qui pense qu'il le peut.

Frank MICHAËL

La mer est le plus beau cadeau de la nature, et le seul endroit où l'on soit maître après Dieu, parce que le châtiment pour la faute commise n'a pas besoin de tribunal pour être jugé.

Claude HARLÉ

Le lendemain j'étais souriante

Je suis une accusée.

Le tribunal est immense, beaucoup de gens s'y sont rassemblés.

« On ne quitte jamais un bateau, tant qu'il n'a pas coulé. Ces gens étaient stupides. »

« Naufragée quinze jours en mer sans manger ? Impossible, elle serait plus atteinte que cela ! »

« Son histoire n'est pas claire. Elle est la seule rescapée, c'est bizarre. »

« Est-ce qu'il ne s'agirait pas d'une disparition volontaire ? »

« Elle a tué son mari ! »

« Elle a noyé sa fille ! »

« Si elle est recherchée par la police française, c'est qu'il y a quelque chose... »

« Le lendemain elle était souriante ! »

C'est peut-être cette phrase qui m'a fait le plus mal. Tout le monde parlait, écrivait, photographiait, questionnait, et je ne savais plus où j'étais. Cette terre que j'avais tant espérée, tant priée, dont je réclamais le secours, me rejetait à la mer. Coupable. J'essayais de répondre :

« J'ai bu de l'eau de pluie... »

Je voyais bien au fond de leurs caméras, dans les objectifs de leurs appareils photo, que j'aurais dû mourir. Faire mieux encore, mourir sous leurs yeux, et que, en venant me sauver, ils eussent été contraints de m'arracher aux corps décomposés de mon mari et de ma fille. Alors dans un dernier souffle d'épuisement, j'aurais murmuré :

« Donnez-leur une sépulture décente... »

Et je serais morte en direct. Plus de lendemain souriant.

Ainsi j'aurais offert au monde des médias et au public friand du drame des autres la même image que cette petite fille se noyant lentement dans la boue sous le téléobjectif d'un reporter. Alors, la une des journaux, les commentaires des magazines auraient rivalisé de superlatifs au sujet de ma petite personne. Femme courage, mère courage. Ils auraient pu raconter une histoire sans rien savoir de la vraie, broder, imaginer. Ma mère aurait pleuré sur nos tombes, et le dieu public m'aurait pardonné.

Au lieu de cela « j'avais tout faux », comme on dit à l'école. Veuve joyeuse, en quelques lignes signées au vitriol, suspecte en moins de temps qu'il n'en faut pour enquêter, « interrogeable » en tout cas, et surtout à distance.

Il y a plus d'un an maintenant qu'un hélicoptère espagnol m'a récupérée dans un radeau de survie, seule, après quinze jours de dérive. Or, savez-vous ? je n'ai pas dit la vérité, alors.

J'ai menti, c'est vrai.

La vérité, la voici. Et pour la dire je me passerai, moi, de superlatifs et de grandes phrases. Parce que je ne suis ni écrivain ni journaliste. Parce que je suis une femme banale, comme « vous et moi », qui utilise un langage simple, et sur la tête de qui est tombé un drame bien plus grand qu'elle. Et enfin, pour qu'on me fiche la paix. Un livre, c'est tout de même mieux qu'une interview de trois minutes, qu'une photo arrachée dans la foule, que les soupçons d'un consul de France à Curitiba ou ailleurs, et qu'un interrogatoire de gendarmes pour dire la vérité.

Une fois le livre terminé, je pourrai dire à ceux qui auraient encore envie de poser des questions :

« Lisez-le, il est fait pour ça. Et maintenant laissez-moi survivre. »

Larguer les amarres

Bernard, j'ai eu du mal à le reconnaître. Une barbe de quatre ou cinq jours, les cheveux en broussaille, chemise fripée, pantalon africain et tongs. Je n'aime pas.

À cinquante ans, Bernard a l'air d'un aventurier fatigué. Depuis notre séparation, il y a deux ans, la vie ne lui a pas fait de cadeau.

Devant lui je me sens toujours partagée entre un sentiment de protection maternelle et un agacement de femme. L'impression aussi que si je ne suis pas à ses côtés, il s'organise mal, vit n'importe comment, mange n'importe quoi et perd les pédales. Je me demande si toutes les ex-femmes gardent comme moi une tendresse pour l'homme qu'elles ont aimé et une amitié aussi fraternelle.

« Tu t'es vu ? Qu'est-ce qui t'arrive ? »

Gaëlla est déjà dans ses bras. Son papa, son héros, son capitaine de navire. Elle s'extasie sur le nouveau cavalier des mers, ancré dans le port de Rochefort.

« Il est beau ! »

Elle galope sur le bateau, sous le soleil tendre de l'automne qui arrive. Elle est née sur un bateau, elle y a vécu ses premières années. Je croyais qu'elle aurait oublié, j'ai peur qu'elle ne tombe, mais, au contraire, elle évolue sur le pont avec un bonheur qui m'attendrit.

C'est vrai qu'il est beau ce bateau.

« Bernard ? Comment as-tu fait pour t'offrir ça ?

– Mon roman ! J'ai signé ! J'ai un contrat et on m'a donné une avance importante. »

Voilà qui est nouveau. J'affronte le regard bleu, noyé d'une fatigue que je ne lui connaissais pas.

« Tu écris enfin ? »

Il écrit. En tout cas il le dit et doit probablement s'en persuader. Sa vie d'avant, l'Afrique, le Sénégal, ses aventures de skipper aux Antilles. Depuis le temps qu'il y pense et en parle vaguement, l'âge mûr a dû le convaincre qu'il était temps. Mais avec lui je me méfie toujours. Ce qu'il dit n'est pas toujours ce qu'il fait. Il a l'œil triste pour un écrivain comblé.

« Il est où ce contrat ?

– Dans un coffre, à Paris. Tu ne me crois pas ? Pourquoi tu ne me crois pas ?

– Si... si. Je ne savais pas qu'on pouvait obtenir autant d'argent d'avance, c'est tout. Qu'est-ce que tu comptes faire exactement avec le bateau ?

– Me barrer, Louise. La France, j'en ai marre, par-dessus la tête. Je file au Sénégal, je me débrouillerai très bien ! Là-bas, c'est chez moi, tu sais...

– Bernard... »

Il a compris. Je n'aime ni son allure débraillée, relâchée, ni ce regard las et ces traits tirés, cette envie brutale de partir, comme s'il avait la mort aux trousses.

« Je ne bois plus. Juré. Juste un verre de temps en temps. Et jamais en mer, tu le sais. »

Je sais. Jamais en mer. Mais, à terre, c'est ce qui nous a séparés, déchirés même. Je n'ai pas les capacités d'une psychologue avertie, mais la déprime de l'aventurier de cinquante ans qui se remet en question, je l'ai vue arriver comme un coup de tabac.

Des ennuis d'argent, une faillite, le dernier bateau impayé, ça s'appelle vite de l'escroquerie. Il n'a pas supporté d'être enfermé à terre, l'humiliation. La violence lui a servi d'épanchement, et je n'ai pas pu assumer ce nouveau Bernard, qui n'avait plus rien du compagnon gai et désinvolte de nos années heureuses.

Deux années de séparation. Comment vit-il depuis mon départ... Je n'arrive pas à croire à cette histoire de droits d'auteur.

« Ça va... J'ai revu mon fils et ma fille. Mais je n'en peux plus d'être ici, j'ai besoin d'espace, de liberté, tu comprends, Louise ? Là-bas, c'est différent. »

Le Sénégal, c'est son enfance heureuse, ses études d'architecte, sa terre de racines. Il veut en faire un nouveau départ.

« Viens ! Viens avec moi ! »

Je n'en ai pas envie. Et pourtant envie. Pour moi non plus ce n'est pas le rêve. J'avais un but : trouver du travail et un appartement, mettre Gaëlla à l'école, et ensuite faire une demande d'immigration pour le Canada. Nous y avons passé des vacances toutes les deux cette année, comme une sorte de repérage, et le pays m'a plu.

Seulement, pour émigrer il faut d'abord travailler officiellement en France et faire la demande au bout d'un an. Autrement dit, entrer dans ce système que je fuis depuis des années. J'ai choisi l'errance, la liberté, d'un pays à l'autre, les petits boulots saisonniers, allier les loisirs au travail, tout simplement. Jusqu'ici je m'en suis toujours bien sortie. Gaëlla ne manque de rien, moi non plus.

J'ai vendu des crêpes et des gaufres en France, des bijoux de fantaisie aux Antilles, j'ai travaillé comme hôtesse sur des bateaux de croisière, à Tahiti j'ai fabriqué des tee-shirts et des paréos pour les vendre aux touristes à Hawaii, en Californie et au Mexique. Je sais faire des tas de choses de mes mains et j'ai bien gagné ma vie, sans me laisser prendre au piège des crédits, des impôts, de la retraite, et du reste. J'ai toujours eu besoin de bouger. Depuis mon enfance je rêve de la mer, de bateau, de voyage. Pendant longtemps un sac à dos et un passeport m'ont suffi. C'est si simple.

Seulement voilà, Gaëlla grandit et personne ne m'attend en France. Pas de fiche de paie, pas d'appartement ; pas d'appartement, pas d'emploi... Le cercle infernal. Avec en plus le regard des fonctionnaires, méprisants, l'air de dire : « Ça vous apprendra à vivre n'importe comment, à ne pas faire comme les autres. Et les impôts ? Et la sécu ? Et la retraite ? Et les études de votre fille ? Vous croyez qu'on peut vivre comme ça, en essayant d'échapper au métro-boulot-dodo ? »

Alors je me suis dit pourquoi pas Rochefort, puisque Bernard s'y trouve en ce moment. Gaëlla verra son père, ce sera peut-être plus facile d'y trouver un appartement et du boulot.

Effectivement ça l'était. Mais ma fille, habituée aux grands espaces d'outre-mer, regardait cet endroit d'un air triste en traînant ses poupées Barbie d'un mur à l'autre.

« Ah ! non, maman, moi je veux pas rester enfermée ici. Pourquoi on va pas sur le bateau de papa ? »

Quatre murs, un espace rétréci, elle n'a pas l'habitude. Ce studio étriqué lui a fait peur. À moi aussi. Et ce ras-le-bol de Bernard, j'avoue que je le ressens.

« Viens avec moi, Louise. Je te pose au Sénégal et tu reprendras un avion de là-bas. Tu verras bien après.

– Il y a la rentrée des classes, Bernard, il faut que je m'en occupe pour Gaëlla.

– Trois semaines, Louise... qu'est-ce que c'est dans la vie d'une gosse ? »

Rien, c'est vrai. Même la directrice d'une école de Rochefort, à qui je demande conseil, n'en fait pas toute une histoire. Je peux acheter des cahiers, des livres et jouer à l'institutrice à bord pendant ces quelques semaines. Je lui apprends déjà tellement de choses, et elle n'est pas en retard. Aux Antilles elle allait à la maternelle ; elle a le niveau d'une enfant de son âge.

Et puis la puce adore tellement son père. Depuis quelque temps, elle me prend souvent au dépourvu avec ses questions :

« Tu crois que tu vas te remarier un jour avec papa ?

– Non, ma puce. Mais pour toi ça ne change rien, tu le verras souvent.

– Tu pourras me faire une petite sœur ?

– Pour te faire une petite sœur, il faudrait que maman trouve un autre papa. Plus tard peut-être.

– C'est quand plus tard, maman ? »

Ils jouent tous les deux, le père et la fille, elle virevolte devant lui en faisant tourner sa robe, pour se faire admirer, et il applaudit. Elle lui pose encore et encore des questions sur ce bateau dont il est si fier.

Tout à coup je me décide. Après nous le déluge...

Si ma mère était là ! Elle n'a jamais bien compris mon tempérament baladeur. Une fille, pour elle, doit poser ses casseroles quelque part dans une maison, attendre sagement que la vie passe, avec un époux sédentaire, un compte en banque, des dimanches en famille, et bénéficier surtout de la Sécurité sociale.

Elle se méfie de Bernard. En fait, elle ne l'aime pas beaucoup. Si je l'écoutais, depuis mon divorce, je ferais mieux de m'installer, de me « fixer » au lieu de courir le monde. Bernard est un drôle de type, c'est certain. Mais je l'ai aimé, j'ai partagé un long bout de vie avec lui, de bons souvenirs, et aussi de mauvais.

Parfois j'ai le sentiment de ne pas connaître

l'homme. Je l'ai connu heureux, libre, à l'aise sur la mer, souriant, lavant ses chaussettes, faisant la cuisine, autonome et pourtant aux petits soins pour moi. Nous partagions les tâches, sans qu'il soit même question de rôles décidés entre nous. Nous nous étions rencontrés par hasard, en Martinique. Plus exactement j'avais d'abord rencontré son bateau. Lorsque j'y repense, c'était comme un signe du destin.

Je cherchais à prendre contact avec une personne susceptible de me racheter mon billet de retour pour la France. Là-bas ce sont des choses courantes. Celui qui repart en Métropole passe une annonce, et celui qui a décidé de rester lui cède son billet pour pouvoir subsister. Une vie de cigale, dit ma mère... Je suis tombée amoureuse du bateau vide. Je le regardais depuis le quai, mystérieusement attirée. L'impression qu'il m'attendait là depuis toujours. Lorsque le propriétaire est arrivé, c'était Bernard. L'annonce venait d'une amie à lui. On parle facilement là-bas, on raconte sa vie très vite. Tout est naturel. Je lui ai dit :

« Je viens de me séparer de mon mari, on est amis maintenant. Il rentre aux États-Unis, moi je reste, mais je suis un peu perdue, j'ai besoin de conseils, où vivre au moins cher, que faire comme travail ?

— J'ai un boulot de skipper pour quelque temps, a-t-il répondu, reste sur le bateau si tu veux, ça te donnera le temps de réfléchir. Si tu prends soin de lui pendant mon absence, tu me rends service, et c'est mieux qu'une chambre d'hôtel. »

Ensuite, c'est une histoire simple. À son retour, j'étais sur le pont mon sac à la main.

« Voilà, le bateau est tout propre... »

J'étais fière, c'était la première fois que quelqu'un me faisait confiance sans me connaître. Il eut un grand sourire :

« Reste... Pourquoi pas ? »

Ça a duré treize ans. Tout me plaisait en lui. Il avait déjà bourlingué, il me racontait l'Afrique, il savait piloter un avion, manœuvrer un bateau. C'était un aventurier chaleureux, touche-à-tout, vivant, aimant les autres et souriant quoi qu'il arrive. Il avait fait les beaux-arts, il aimait lire, écrire, écouter de la musique. Il avait une éducation que je n'avais pas. Lui trente-cinq ans, et moi vingt et un ans.

Un jour, j'ai découvert qu'il avait une famille, une ex-femme, deux enfants, et qu'il ne les voyait plus depuis des années. Il se plaignait de ne pas avoir de nouvelles, d'avoir raté la vie de ses enfants, de ne rien savoir d'eux, ou presque. Mais quand on part sans laisser d'adresse, que peut-on espérer en retour ? C'était à lui de regarder son passé en face. On dirait qu'il l'a fait à présent.

« Alors c'est décidé ? tu viens ? On part le 30 septembre ! Tu verras, le bateau est super. J'ai fait des essais en mer, il va bien, Louise. »

Son regard s'illumine à l'idée de ce voyage à trois. Je sais à quel point il en a besoin. Ses ennuis sont terminés, ce 30 septembre est une sorte de date symbolique. Il a enfin le droit de quitter librement le territoire français. Il n'est plus sous contrôle judiciaire. Cette faillite frauduleuse dont on l'a accusé, il a enfin achevé de la payer à la société, à cette terre de France.

Larguer l'amarre, c'est comme sortir de prison. Il le dit autrement : un grand bras d'honneur ! Et puis il a besoin d'un équipier.

Pour un instant il redevient le même Bernard qui m'a dit un jour, sur le quai de la marina de la Pointe du Bout :

« Reste... Ça ne t'engage à rien... »

À cette époque, j'étais en même temps désorientée et heureuse. Pour la première fois j'allais voler de mes propres ailes, apprendre tant de choses. Mon premier mariage, c'était une histoire d'adolescents qui grandissent ensemble, avec l'envie de faire la route, de vivre autrement qu'en famille.

Mon ex-mari copain et moi nous avions réussi notre couple, finalement. On avait fait ce qu'on avait envie de faire. Lui rêvait maintenant de musique, et moi de bateau. Mais, à part le dériveur du dimanche, je n'y connaissais pas grand-chose.

Aujourd'hui c'est différent ; je suis bon barreur, je connais la mer, j'ai fait mes classes grâce à Bernard. Il y a un moment que je n'ai pas remis le pied sur un bateau, mais ça ne s'oublie pas. La seule différence, c'est Gaëlla. Elle aura six ans le 29 octobre. Lorsqu'elle était bébé, sur notre premier voilier, cela ne posait pas de problème. Elle y a appris à marcher. Mais depuis qu'elle a deux ans et demi, nous vivons à terre. Je vais devoir refaire son éducation à bord.

Ma précieuse Gaëlla. L'enfant décidé de mes trente ans. Je me revois encore dire à Bernard :

« C'est le moment, je vais avoir l'âge où une femme doit faire son enfant, Bernard. »

Je me souviens du discours passionné que j'avais alors. C'était comme un virage dans ma vie. Je me sentais bien dans ma peau, j'avais l'énergie, la patience nécessaire pour un enfant.

Un besoin si urgent d'être mère.

« Tu vois, c'est comme si je m'asseyais dans un fauteuil en me disant, bon, tu as fait ça et ça, tu as appris la vie, tu en as profité, à ton tour de la donner. Tu comprends ? »

Il comprenait, mais ne voulait pas, au début. Il parlait de sa première vie à lui, et de ses enfants dont il ne s'était pas occupé. De ses remords. Plus tard, on verra plus tard... Jusqu'au jour où je l'ai quitté sur une impulsion. Cette hésitation, ce demi-refus, m'amputait de quelque chose de vital en moi. C'était, oui, une urgence, une idée fixe. Une femme n'est pas complètement femme tant qu'elle n'a pas eu d'enfant. Une femme est faite pour ça. Un ventre est fait pour enfanter, des seins pour allaiter. Tout simplement, un instinct animal. Je ne voulais pas que l'on tente de me persuader du contraire. Attendre m'était impossible.

« D'accord. Si tu ne veux pas, je ne peux pas te forcer. Je pars. »

C'était en hiver à Hawaii, en décembre 1987. Un hiver très doux. Nous étions tous les deux sur le *Petit Prince,* acheté à Tahiti. Et je voyais sur les autres bateaux des gens avec des enfants heureux, de petits marins en herbe, débrouillards, ouverts au monde. Cela ne posait apparemment aucun problème.

Les yeux bleus malheureux, désemparés, il m'a d'abord laissée partir et, un mois plus tard, il disait :

« D'accord. Si tu veux un bébé, on va faire un bébé. Je le veux aussi ce bébé. »

J'ai su le jour de sa conception. Je l'ai ressenti comme une certitude avant même d'en avoir la confirmation. Et tout de suite après je suis entrée dans l'état de femme enceinte comme en religion.

C'était un autre monde, une autre aventure formidable. Je m'y donnais à plein. J'ai littéralement dévoré le livre de Laurence Pernoud, *J'attends un enfant*.

Je lisais : Il faut marcher une demi-heure par jour au minimum ; alors je descendais du bateau et j'allais arpenter les quais.

Je lisais : Il faut manger ça ; je le mangeais... Il faut nager ; je nageais. Et pourtant, curieusement, j'ai horreur de l'eau. Aussi à l'aise au-dessus que maladroite dedans. Mais j'ai failli me noyer quand j'étais enfant, et depuis je nage avec appréhension.

Je lisais : Écoutez de la musique, relaxez-vous, et le bébé aussi ; j'écoutais de la musique, allongée sur ma couchette, consciencieusement, pour « ma fille ». Car ce serait une fille, j'en étais certaine. Je caressais mon ventre, je m'imprégnais de cette vie nouvelle, impressionnée par l'idée que cette petite chose microscopique que l'on m'avait montrée à l'échographie allait devenir un être humain. J'étais déjà possessive, protectrice, pleine d'amour pour elle.

J'ai voulu qu'elle naisse aux États-Unis. Un

vieux fantasme pour moi, fille d'immigrés siciliens, et je rêvais pour elle du monde entier et d'un passeport avec une double nationalité. À l'étranger, mieux vaut avoir affaire à un consulat américain.

Gaëlla est donc née à Oakland, le 29 octobre 1988. Toute brune, comme moi ; un teint de châtaigne, comme moi. Bernard était surpris. Il s'attendait à voir une tête blonde qui lui ressemblerait.

Je l'ai nourrie pendant deux ans et demi sur le bateau. C'était pratique, et j'avais beaucoup de lait. Et il est là le bébé, cinq ans et des poussières de mois plus tard. Dans les bras de son père. Bavarde comme une pie, dansant comme un oiseau et ne le lâchant pas d'une semelle, ce père absent, dont je m'aperçois qu'il lui manque vraiment.

Elle ne l'a vu qu'épisodiquement ces deux dernières années. Tout cet été, elle me harcelait :

« Quand est-ce qu'on va voir papa ? Quand est-ce qu'il va téléphoner ? »

Il lui envoyait des cartes postales qu'elle épinglait dans sa chambre. Il était toujours présent, visible pour elle. À ceux qui connaissaient son père, aux copains, elle demandait :

« Tu l'aimes bien mon papa, toi ? »

Elle avait besoin que quelqu'un d'autre que moi le lui dise.

« Je t'aime, papa. Tu m'aimes, papa ? »

Voilà pourquoi j'ai dit oui. Et pour bien d'autres raisons, qui se sont rassemblées, comme dans un cercle, celui du destin.

Pour que Gaëlla profite de son père. Qu'elle

l'aime en vrai, le touche, l'envahisse, s'en imprègne suffisamment jusqu'à la prochaine rencontre.

Pour que son père soit heureux quelque temps avec elle, avant de repartir pour de nouvelles aventures, comme on dit dans les bandes dessinées.

Pour que la terre de France qui ne voulait pas de moi, sans travail et sans feuille de paie, sans domicile fixe, avec mon bagage vivant de six ans, m'attende encore. Que j'aie le temps de reprendre des forces avant d'affronter les petites annonces, l'administration, la sécu, les logeurs, les employeurs. C'est fou ce qu'il faut de papiers en France. J'ai horreur des papiers.

Et pour que Bernard ne parte pas, sur ce nouveau bateau, avec son air sombre de navigateur solitaire abandonné du monde entier. Il m'a flanqué un peu la trouille avec sa déprime, son teint malade, ses paquets de cigarettes qui défilent. L'alcool en guise d'antidépresseur.

La mer allait lui être forcément salutaire.

Il y avait beaucoup de pour dans cette décision et pas grand-chose contre. J'avais même un petit espoir en tête. Si je trouvais un moyen de m'installer au Sénégal quelque temps ? Pas avec Bernard, certes. Plus question de vie en commun. Mais le Bernard copain pouvait encore m'aider à trouver une solution qui ne soit pas d'être confinée entre les quatre murs d'une chambre de bonne. On verrait bien.

Une fois la décision prise, j'étais heureuse. Impatiente de découvrir le bateau, de faire lentement sa connaissance, de barrer à nouveau, sentir la vague, respirer la liberté formidable que donne la vie en mer. Et regarder Gaëlla refaire son apprentissage de petit marin, avec son matériel d'enfant gâtée sur la terre. Sa petite sirène, Ariel, ses Barbie de toutes les couleurs, son prince Ken, et ses trois escargots cueillis sous un buisson.

Trois petits escargots. Gaëlla veut les emporter sur le bateau de son père. Trois escargots sur la mer, on dirait un poème de Prévert.

« Regarde, maman, il y a le papa escargot, la maman escargot et l'enfant escargot. Tu n'oublieras pas la salade, hein ? Et du jus d'orange, et des yaourts à la fraise, et des gâteaux... et des... »

« Louise, tu la couves trop, elle est toujours dans tes jupes ! Viens là, ma puce, que je te montre comment ça marche... Ça c'est la barre : quand tu veux aller à gauche, tu vires à bâbord, pour la droite, tu vires à tribord. »

On ne part pas un vendredi, ça porte malheur. On le pense, sur le moment, superstitieux comme tous les gens de mer. Et puis on oublie parce qu'on est content. Gaëlla a installé ses trois escargots dans une boîte, avec de la salade, elle discute avec eux comme avec ses poupées. Ma fille est bavarde. Comme moi.

Le bateau doit d'abord quitter la marina de Rochefort, attendre que la marée se retire et passer les écluses. Il ne fait ni beau ni mauvais, un temps moyen pour la saison. Un ami de Bernard nous fait un petit bout de route jusqu'à l'île d'Aix. Nous quittons la marina avec la lenteur qui convient, tranquillement entre les berges, comme une douceur. Des odeurs qui embaument encore les terres montent, on voit des vaches, des maisons, des oiseaux. C'est un départ sécurisant. Rien de l'arrachement brutal qui projette immédiatement le mental en pleine mer. Une glisse jusqu'au soir, où nous allons dormir, arrimés à une bouée, bord à bord avec le bateau de notre ami. La mer, la vraie, c'est pour demain matin.

Il reste encore des choses à contrôler, cette escale à l'île d'Aix est prévue pour cela. Bernard s'est chargé seul de beaucoup de choses pour ce voyage. Comme je suis arrivée tard, puisque je me suis décidée tard, je n'ai pu m'occuper que de l'inventaire de la nourriture. Il a vérifié tout le reste. Les voiles, le moteur : je n'ai aucune appréhension. Il a fait quelques tours, pour le tester. Le *Jan Van Gent* est en excellent état : une radio neuve, un moteur puissant, et une nouveauté pour nous, une timonerie à l'abri du vent et des embruns. C'est la première fois que nous avons des essuie-glaces !

Bernard est fier de ce bateau, un ketch de douze mètres, des voiles impeccables, un foc enrouleur, le chauffage, la douche. Un vrai confort intérieur, et une multitude de gadgets.

Il est assis à la barre à roue, heureux comme un gamin.

« Regarde ça, il se manœuvre tout seul ! »

C'est vrai qu'il se comporte bien. Il faut toujours du temps pour s'adapter à un bateau. Prendre ses repères, le sentir, faire partie de lui.

Là, je ne le connais pas encore. Il n'y a que cette timonerie qui me déconcerte un peu. D'habitude on est dehors, en ciré, on prend le vent en pleine figure, ce qui n'est pas toujours drôle, mais la sensation d'être parti est immédiate. On fait corps avec la mer. Le *JVG,* avec sa cabine vitrée, me donne l'impression de naviguer en « pépé-mémé », bien à l'abri.

« Ce n'est pas dangereux, ces vitres ? Elles coulissent mal, je les trouve un peu grandes. Tu imagines un cyclone là-dessus ? Ils auraient pu prévoir des rabattants ! Ce n'est même pas étanche !

– Je verrai ça à la prochaine escale, à Vigo. Je ferai découper des volets de contreplaqué ou alors on mettra du Plexiglas. En attendant, on est au sec pendant les quarts, c'est bien, non ? »

C'est bien. Confortable. Un peu étrange, cependant, ce luxe inhabituel. Lorsque les vitres seront protégées, je me sentirai plus à l'aise. Je n'aime pas ces gouttes d'eau qui filtrent sournoisement dans les coins et cette vibration de verre. C'est la seule critique que je formule. Pour le reste, Bernard a raison d'être fier.

Je revois tous nos autres départs. D'habitude nous naviguions en mer chaude, sous un ciel tout bleu. Ici le ciel est gris. Je ne connais pas cette côte. Je ne connais pas non plus le Sénégal. Bernard sait où ancrer en Casamance. Un endroit tranquille, rien de dangereux. Je lui fais confiance.

Ensuite, l'avenir est un peu nébuleux. Retour à Paris, et puis ? On verra bien. Gaëlla est si heureuse, elle fait les cent coups. Un rien la fait rire. Je dois lui apprendre tant de choses.

« Gaëlla, sur un bateau tu as besoin d'une main pour toi, et d'une autre pour te tenir. Ne fais pas Tarzan en haut de la porte ! »

Elle se balançait comme un petit singe entre la timonerie et le carré.

« Gaëlla, ne laisse pas traîner ta poupée sur l'escalier ! Sur un bateau, il faut ranger ! Tu veux que papa se casse la figure en descendant ? »

Elle apprend vite. Sans problème. Si j'avais craint qu'elle ne soit malade, effrayée, déstabilisée les premiers jours, j'en suis pour mes frais. Elle dévore, joue, questionne, dort comme un ange, papillonne entre son père et sa mère, comme si le divorce n'existait plus dans sa tête. Le bateau, c'est le nid retrouvé, l'image de tout ce qu'elle aime. Papa, maman et la mer.

Elle nage comme un poisson, pas moi, elle mange alors que je n'ai jamais faim en partant, et Bernard non plus. Elle se réveille au changement de quart pour aller se faire câliner un peu dans les bras de son père, puis vient dans les miens.

Les poissons la fascinent, les oiseaux l'enchantent. Elle a eu son premier anniversaire en Californie, le deuxième au Mexique, le troisième et le quatrième en France, le cinquième aux Antilles. Le sixième sera, pourquoi pas, au Sénégal.

À la voir si gaie, et dévorant ses raviolis, sans même un petit mal de mer, je ne regrette pas la chambre de quinze mètres carrés, avec les toilettes dans le couloir et une fenêtre donnant sur un mur. Toute seule et en fermant les yeux c'était peut-être possible, mais pas avec elle. Et même toute seule, honnêtement ! Je ne supporte pas l'horizon limité, il me faut la mer, un cours d'eau, quelque chose à regarder, sans barrière, et qu'au-delà de laquelle il y ait encore autre chose et autre chose. Je déteste que l'on me dise :

« Attention, Louise. Là, tu ne peux pas aller plus loin. Attention, tu n'as pas le droit de faire ça, d'aller là... » J'ai l'impression d'être prise en otage. Finalement, ce départ décidé au dernier moment me libère de l'angoisse qui commençait à m'étouffer. C'est comme un gigantesque « merde » à toutes les barrières de la terre.

Le lendemain matin, samedi, pas de vent. Bernard en profite pour essayer le moteur. R.A.S. Je range les pommes en expliquant à ma fille que je les emballe dans du papier journal pour qu'elles ne pourrissent pas. Je débranche le frigo et nous y rangeons les fils de pêche. Normalement ils sont rangés à l'arrière, mais nous les préférons à portée de main. De plus ce frigo, nous n'y mettons rien. Tout s'y balade à l'intérieur, en mer. Il ne sert qu'à la marina. Je surveille ma liste de provisions.

« Gaëlla, tu ne dois pas prendre quelque chose à manger sans le dire. Regarde, maman a fait une liste et chaque fois que nous utilisons quelque chose, je le raye. Tu comprends ? Si tu manges tous les gâteaux d'un seul coup, tu n'en auras plus avant la fin du voyage. »

Ma hantise reste qu'elle tombe en courant sur le pont. Déjà, lorsqu'elle était petite, au moment où elle a commencé à marcher, il était temps que nous nous installions à terre. C'était une surveillance de chaque instant. Mais, dès le départ, son père lui a expliqué la façon de marcher, de se tenir. Ne pas courir, ne pas se pencher : elle respecte les consignes et s'est amarinée avec une facilité stupéfiante.

Tout va bien. Nous sommes environnés de méduses, Gaëlla en dessine des colonies sur un cahier avec ses feutres de couleurs. Beaucoup de pêcheurs, des casiers partout, il faut se montrer vigilant.

Premier contrôle de douane, Bernard râle :

« Même en mer, on ne peut pas être tranquille. »

Plus d'une heure d'inspection à bord, la routine. Les papiers sont en règle, le bateau est *clean,* on repart. Toujours pas de vent. Nous faisons des essais VHF, on écoute la météo, on regarde les cartes. Une journée banale.

L'ami de Bernard est reparti avec son propre bateau à la marina de Rochefort, « salut, salut, au revoir », ça fait toujours drôle. Envie de pleurer. C'est vraiment un ami. Lorsqu'on abandonne la terre, j'ai toujours l'impression de quitter quelqu'un. Je m'imprègne du bateau avec ma fille. Faire le tour, monter, descendre, reconnaître, trouver sa place, c'est important. Un bateau est comme un être vivant, il faut lui parler, le toucher, lui poser des questions silencieuses, enregistrer les réponses.

Bernard a mis une ligne de pêche et attrapé un poisson, une occasion pour apprendre à Gaëlla qu'un poisson ne vit pas dans les supermarchés. Des marsouins nous font un brin de conduite. C'est la vie. Ça fait du bien. Chaque départ me ramène aux autres, celui de Tahiti, de Hawaii, de San Francisco, le jour du tremblement de terre. On y était, mais heureusement dans une marina protégée.

Gaëlla n'arrête pas une minute. Elle va se changer trois ou quatre fois, pour montrer à son père qu'elle est jolie, que sa jupe tourne, que ses chaussures sont comme ci et comme ça...

J'aime cette journée, chacun fait selon son envie, pense, joue, range, rêve. Chacun est heureux. C'est sacré le bonheur d'une journée pareille.

Première nuit en mer. Gaëlla dîne bien, mieux qu'à terre, et va se coucher. Bernard ne mange rien. Il est toujours comme ça, les trois premiers jours, il a besoin de ce délai. Moi je me force. On se dépense beaucoup sur un bateau et je sais que je dois garder mes réserves.

Toujours pas de vent, toujours au moteur, et un trafic énorme. Cet endroit est un carrefour incroyable, les cargos se fichent du *JVG* comme d'une paille, c'est presque toujours à nous de dévier notre route.

Dimanche, même traintrain : sans vent, et au moteur. Gaëlla pêche des poissons, fait ses devoirs, discute avec son père. Nouveau contrôle de douane, aérien cette fois. Je montre à Gaëlla comment faire des signes sur le pont, pour dire que tout va bien. Avant le marché européen, on se présentait à la capitainerie du port, pour la clearance : nombre de passagers à bord, cargaison, destination, papiers, etc. Ce n'est plus le cas, mais cette liberté oblige les douanes à multiplier les contrôles en mer. Problèmes de drogue, de trafiquants, d'immigrés clandestins.

Je tiens bien le coup pour les quarts. Finalement ce n'est pas désagréable de se retrouver au sec, en tee-shirt, dans cette timonerie vitrée. J'ai un peu l'impression d'être dans un aquarium, mais c'est confortable. Le seul problème, la nuit, c'est le trafic des cargos. Je suis parfois obligée de réveiller Bernard, pour lui demander quoi faire :

« Regarde-le, celui-là, il n'arrête pas de changer de cap.

– Un emmerdeur... il se croit où ? On quitte la terre pour avoir la paix, et voilà ! »

Je n'ai jamais connu cela, sur aucune mer où nous ayons navigué. Être contraints de tirer des bords sans arrêt, non seulement à cause du vent qui s'est levé, mais parce que des vicieux nous foncent carrément droit dessus, du genre « poussez-vous de là, je travaille, moi... ».

La prochaine escale est prévue à Vigo, il nous faut quatre ou cinq jours. Vivement qu'on quitte cette autoroute flottante !

La mer est bizarre. Il n'y a pas énormément de vent mais on la sent mal. Houleuse, grise. Bernard a du mal à capter la radio. Pour vérifier la météo, la méthode la plus simple consiste à contacter un cargo afin de savoir d'où il vient et s'il a des informations par satellite. Ce matin, Bernard a tenté l'expérience avec un cargo qui n'a pas répondu. Puis nous avons croisé un autre bateau espagnol, le *La Perouse* je crois, qui, lui, ne nous a pas contactés.

Le mercredi 5 octobre au matin, le vent piaule. La pluie arrive. Bernard décide de tirer un bord vers le large pour éviter la côte. Vigo est prévu pour le 6, dans la matinée. Nous avons encore de la distance, mais le bateau manœuvre parfaitement. Moteur coupé, les voiles vont bien, le *JVG* ne gîte pas trop. Gaëlla n'est même pas malade.

Je dors quand il faut dormir, nous avons une heure de quart chacun. Normalement, c'est quatre heures, mais je trouve que c'est de la folie. En une heure, je me repose et je récupère beaucoup mieux qu'au bout de quatre heures. Bernard et moi nous avons toujours fonctionné comme ça.

Le soir, ça commence à tanguer, à cogner sérieusement. Bernard a réduit les voiles. Pour la grand-voile, on a souffert. Impossible de se mettre face au vent, il a fallu manœuvrer par vent de travers. Un exploit. Pourtant je n'aime pas ce brusque changement. Nous avons déjà connu ça, mais sans Gaëlla. Au départ nous dormions toutes les deux à l'avant par sécurité. Ce soir, nous changeons tout. Ni Bernard ni moi n'avons faim, mais elle oui. La cuisinière est sur cardans, il faut bloquer la marmite avec des Sandows pour lui réchauffer les raviolis qu'elle adore. Les pommes dégringolent sans arrêt et ça la fait rire.

Dix heures du soir. Bernard a le regard inquiet, des cernes sous les yeux. Ce coup de tabac est arrivé si vite, en quelques minutes tout a changé. Il arrive dans le carré, pâle, trempé.

« Ça ne va pas, Louise. J'essaie d'avoir des

contacts radio pour dénicher un endroit plus proche que Vigo, une crique, mais je n'y arrive pas. Impossible de savoir le sens du mauvais temps.

– On est à combien ?

– 50 milles environ [1]... Je n'y comprends rien. Il y a beaucoup de monde sur le canal 16, comme d'habitude, mais personne n'accroche. »

Cette radio VHF portable a moins de portée qu'une autre, mais elle a marché normalement avec un autre voilier croisé juste avant le gros temps. Nous l'avons d'ailleurs essayée régulièrement tous les jours. On a eu des chalutiers, des cargos, des contacts rapides évidemment, puisque le canal 16 est une bande d'urgence et qu'on n'y reste pas longtemps pour ne pas encombrer.

« J'ai rien, Louise, pas une réponse. »

Il ne s'attendait pas à une croisière comme aux Antilles, mais il avait envie d'essayer les voiles, de se faire plaisir, de nous offrir aussi une belle balade, et au lieu de ça il va devoir se battre. Gaëlla. Il pense à elle surtout. Nous deux, on en a vu d'autres.

« Va te reposer, Bernard. Tu ne tiendras pas le coup sinon. Le bateau est maniable, je vais prendre le quart.

– Non, c'est à moi de tenir, on va faire route sur La Corogne. Comme ça on prendra les vagues de trois quarts arrière. »

Je suis inquiète aussi, mais pas trop. Le

1. 90 kilomètres environ de la côte.

bateau se comporte bien. Sans grand-voile, il est stabilisé avec peu de génois et le moteur à mi-course.

« Bernard, il faut que tu te reposes. Sois raisonnable. Je peux très bien barrer, tu le sais. Gaëlla dort, fais comme elle. »

Il n'en peut plus. Nous avons dû condamner la porte de la timonerie qui n'arrêtait pas de battre. Le crochet ne tient pas. Il a donc été obligé, chaque fois qu'il a voulu sortir vite, de passer par la fenêtre bâbord. Un exercice énervant. Il peste contre cette saleté de fermeture de porte.

« C'est dangereux, des trucs pareils...

– Essaie de dormir, s'il y a le moindre problème, je t'appelle. »

Il finit par accepter. Je me lève doucement sans réveiller Gaëlla qui dormait dans mes bras, et nous montons dans la timonerie. Bernard choisit de s'allonger là, par terre, en relevant le siège dépliant à tribord.

Je prends la barre à 22 h 35. Le bateau rue, les vagues déferlent. Avec ce tapage, Bernard dort à peine. Il ouvre et referme les yeux régulièrement, anxieux. Il écoute son bateau, il évalue la bagarre de la coque. Il voit que j'ai du mal à barrer. Non que ce soit fatigant, c'est une barre hydraulique, souple, mais la hauteur du siège m'oblige à poser les pieds sur une lourde caisse d'accastillage. Par temps calme, aucun problème, mais dans ce tumulte, je suis, avec mes jambes projetées en l'air, déséquilibrée la plupart du temps.

Mais j'y arrive, je sens les lames qui déferlent

par le travers bâbord, je les devine. Le *JVG* progresse laborieusement, lentement. Je suis épuisée par chaque vague négociée, mais je le tiens. Il est costaud ce bateau, la vague l'écrase, balaie le pont, les essuie-glaces font leur petit va-et-vient, je m'accroche, les jambes ballantes, et on recommence.

La lune a grossi, le feu de mât éclaire très bien, et je me dis, Louise, ce n'est qu'une bataille. En fait, c'est la guerre. J'ai juste le temps de hurler :

« Bernard ! »

Ce n'est pas une vague, c'est une muraille. Un immeuble de vagues, un raz de marée. Ce millième de seconde où je me dis « oh non, par pitié, pas celle-là... ».

Elle s'est soulevée à bâbord, le bateau est dans le creux. Je l'ai vue en cauchemar cette vague-là, dans mon enfance, après des heures de lecture d'histoires de marins et de trésors, d'aventuriers des mers du Sud. Souvent je me suis réveillée en sursaut, terrifiée par ce géant d'eau qui allait me balayer. Une hantise.

« Bernard ! »

Le mur m'écrase, le bateau se couche complètement sur tribord, plaqué comme une feuille. Je suis projetée de mon siège avec une violence telle que je me vois déjà passer à travers la timonerie. La mer va m'engloutir, m'avaler, m'ensevelir sous des tonnes d'eau. La vision soudaine de cette muraille liquide dans le halo du feu de mât est si violente, à cette seconde, si puissante, que le cerveau tourbillonne, s'arrache, les poumons étouffent. Impossible de dire cette terreur, cet écrasement de tout le corps. Pas le temps même d'avoir peur tout simplement. C'est bien au-delà de la peur. Je me vois noyée, je me sens noyée, déjà morte.

Je veux respirer, je ne veux pas mourir comme ça. C'est dingue ! Je me vois en train de faire la brasse. J'entends les craquements, je suis tombée de quel étage ?

(Encore aujourd'hui je ne parviens pas à décrire cette vague. Les mots me manquent. Muraille. Je ne trouve que celui-là. Pour dire la hauteur, l'énormité, la puissance. Personne ne l'a comprise cette vague, et chaque fois que j'ai essayé de l'expliquer, c'était une frustration, je voyais bien que les autres ne la voyaient pas comme je l'ai vue. C'était une muraille liquide, sombre, surmontée d'une autre vague blanche au sommet. Aussi haute que le mât. Une vague qui roule et qui casse. Une tueuse.)

Et puis cet énorme fracas. Tout ce qui était à bâbord dégringole en même temps, les placards s'ouvrent, les vivres, les boîtes butent au plafond. De l'eau, de l'eau. Tandis que le bateau colle à la mer, et que des cataractes de flotte s'engouffrent dans la timonerie, que les vitres volent en éclats. Ça bouillonne, ça hurle, ça engloutit, projette, explose, j'ai peur d'être arrachée hors de la timonerie et là je panique.

Le bateau se redresse avec une lenteur affreuse.

C'est le chaos autour de moi. De la nourriture partout, des confitures, de la sauce tomate, des petits pois, il y en a sur toutes les parois de la cabine.

De son côté, Bernard se relève avec difficulté, il a reçu la caisse d'accastillage en pleine poitrine.

« Ça va ? Ça va ?

– Ça va... »

Il n'a pas l'air blessé, mais le choc a dû être rude. Son regard : quelque chose comme un cauchemar dans ses yeux, une détresse terrible. C'est dur de le voir comme ça. Est-ce que je suis pareille ? ce même regard fou ?

Immédiatement je pense à Gaëlla. Elle est toujours allongée sur la couchette du carré, réveillée brutalement par le choc, mais elle n'a rien vu ni compris. Elle est trempée. La couette a amorti le choc, elle n'a rien. Je la prends dans mes bras pour la rassurer, il y a de l'eau jusqu'au niveau des couchettes, j'entends le bruit de mes bottes dans la cabine où surnagent des jouets. Bernard me rejoint en se tenant le ventre, courbé en deux.

« Le moteur est nase, les batteries aussi. »

Là je m'aperçois qu'il est comme moi couvert de minuscules égratignures. Le verre des fenêtres de la timonerie a explosé, comme les vieux pare-brise, en milliers d'éclats microscopiques. J'ai mal à une fesse, qui a heurté je ne sais quoi lorsque cette muraille d'eau nous a écrasés.

Bernard a l'air pris de court. S'il avait été à la barre il aurait compris, mais étendu sur le plancher comme il l'était, somnolent, il n'a pas vu ce que j'ai vu.

Le bateau est moche maintenant à l'intérieur, un vrai cauchemar. Un drôle de fourbi où tout flotte sens dessus dessous. Gaëlla pleure.

Le dialogue entre Bernard et moi à ce moment-là est fait de phrases courtes et hachées qui circulent autour de notre fille. Des questions rapides, des réponses rapides. Le moteur a calé. Le feu extérieur fonctionne encore, les lumières intérieures aussi. L'annexe gonflable, toute neuve et solidement amarrée sur le pont, a explosé. Il est minuit et demi. Le moteur refuse de repartir.

Le point à faire : nous sommes maintenant à 40 milles de la côte.

Je ne sais pas combien de temps ça a duré avant la deuxième vague déferlante. Si forte qu'elle couche à nouveau le bateau et le fait virer de 180 degrés. Une vraie toupie.

Instinctivement j'ai baissé la tête, en serrant Gaëlla. Je m'attendais à recevoir, je ne sais, une autre muraille liquide. Mais le chavirage a été rapide. La remise d'aplomb aussi.

Il est décidément solide ce bateau.

Bernard a peur pour le radeau de survie. Si une vague nous l'arrache, nous n'aurons plus rien. Et il y a toujours une troisième vague.

Les secondes ou les minutes s'égrènent, dans le chahut de la mer, avec une lenteur infernale. J'essaie de récupérer une lampe de poche dans le désastre environnant, mais on ne trouve plus rien. Bernard cherche aussi. On se parle sans crier pour ne pas affoler la petite.

« Louise, on ne peut pas risquer la troisième vague. Impossible d'envisager une sortie au dernier moment ! Si on était seuls, on tiendrait, mais pas avec Gaëlla. Je ne peux pas prendre ce risque-là.

– Je ne veux pas quitter le bateau. Il ne faut jamais. »

Je repense au *Fastnet* de 1979, cette course entre la France et l'Angleterre où l'on a retrouvé des bateaux déserts. Les gens étaient morts de froid dans leur combinaison, d'autres avaient disparu. Les bateaux tiennent longtemps, pas les hommes.

Je ne veux pas.

« J'ai lancé un S.O.S., Louise, on l'a forcément entendu ! On est près de la côte ! Si on était en pleine mer, on n'aurait aucune chance, mais là, on va nous trouver ! »

Tout mon corps, d'instinct, refuse cette solution. J'ai l'impression de me dédoubler. Une Louise écoute Bernard répéter : « On va prendre une troisième vague, il sera trop tard... » L'autre Louise voit défiler dans sa tête des voiliers vides, des skippers disparus à jamais. C'est de la connerie ! Il ne faut pas ! Oui, mais cette vague, ce monstre, s'il revient c'est pour nous tuer. La troisième vague, la fameuse, est toujours la plus terrible, paraît-il.

Une partie du plancher dans la timonerie s'est soulevée, on voit le moteur noyé d'eau, désespérant. Je refuse de m'affoler. Bernard ne panique pas vraiment, mais il est choqué, tendu, la décision à prendre à cette minute fatidique incombe à lui seul. Il est responsable de nous deux.

« Je n'arrive même pas à maintenir la barre, on a agrippé quelque chose dans l'hélice !

– Si on mettait une amarre au canot de survie ? On attend que la tempête se calme, si le bateau ne coule pas, on revient à bord...

– Et si la vague nous jette sur le bateau ? Si on perd le canot et le bateau ? Qu'est-ce qu'on fait après ? Tu nous vois à la mer tous les trois ? »

Je résiste toujours. Mais le canot de survie fixé sur le toit de la timonerie bouge, les amarres ont pris du jeu. Si la prochaine vague nous l'emporte, nous n'aurons plus de choix du tout. Je grelotte, Gaëlla aussi. Bernard décide de grimper sur la timonerie pour examiner les amarres.

« Mets ton harnais ! »

Bernard enfile son gilet de sauvetage, accroche son harnais et, pour sortir, doit se faufiler par une fenêtre bâbord avec laquelle il bataille un moment avant d'arriver à la faire coulisser.

Pourvu qu'il ne tombe pas à l'eau !

« Ne tombe pas ! Je ne pourrais pas te récupérer ! »

C'est idiot mais j'ai crié ça. Il ne m'a même pas entendue.

Du bruit au-dessus de ma tête. Il s'occupe du canot. Je tiens péniblement la barre pour remonter dans le lit du vent, mais elle ne répond presque pas.

De longues minutes passent, j'écoute Bernard piétiner au-dessus de nous, puis il revient enfin par le même chemin, ruisselant d'eau, il est si pâle.

« Prépare les affaires, on y va ! J'ai amarré le canot vers l'arrière bâbord ! »

Je le regarde, stupéfaite, les yeux écarquillés. Il a décidé. Maintenant il est trop tard. Une fois le canot de survie gonflé, nous n'avons plus le choix. Il faut monter dedans.

« C'est de la folie. Il ne fallait pas ! Tu sais le nombre de gens qui se sont perdus en mer parce qu'ils avaient fait la même chose ? Bernard, je n'étais pas d'accord...

– Écoute, Louise, il faut y aller. Il y avait des lumières tout à l'heure, tu les as bien vues comme moi ! Des pêcheurs sont sûrement dans le coin, on va lancer une fusée de détresse depuis le canot, ils vont la voir !

– Attends encore un peu... ça va peut-être se calmer...

– Attendre quoi ? que la troisième vague nous emporte ? Il sera trop tard... le bateau ne tiendra pas, Louise... Il ne tiendra pas... Pense à Gaëlla ! On ne peut pas embarquer en catastrophe ! C'est maintenant ! »

C'est fini. J'ai cédé. Je m'en veux, mais, dans ces moments-là, c'est le plus convaincant qui gagne. Et surtout les yeux de Gaëlla. Son angoisse. Avec un enfant à bord, on ne pense pas pareil. Tous les arguments de Bernard défilent dans ma tête en même temps. La côte proche, les lumières des pêcheurs, le S.O.S., la fusée de détresse. Un mauvais moment à passer et on nous récupérera. Il a raison. Il faut qu'il ait raison.

J'enfile à Gaëlla un jogging et des chaussettes, des bottes et son gilet de sauvetage, en lui expliquant le plus calmement possible ce que nous allons faire. Elle ne pleure plus, elle m'écoute parler.

Bernard, lui, a dit qu'il s'occupait des provisions. Je le vois fouiller dans les placards ouverts, soulever des cartons trempés.

« Où est passé l'argent ?

– Là où tu l'as mis. Dans le pot de Nescafé !

– Il n'y est pas ! C'est toi qui l'as pris ?

– Sûrement pas ! Tu vas le trouver ! »

De mon côté je récupère en vitesse quelques papiers, nos passeports, je bourre un sac de marin de serviettes de bain, de vêtements chauds, de gants, de bonnets, d'écharpes. Ma fille est calme, puisque nous sommes calmes.

« Maman, tu prends du jus d'orange ? »

J'attrape une bouteille de jus d'orange. Et en même temps j'en remplis une autre, vide, d'eau douce.

« Maman ! tu prends des gâteaux ? »

Je fourre un paquet par-dessus les vêtements. Je ne m'occupe pas du reste. Bernard a dit :

« Je prends la bouffe et les cigarettes ! »

Les sacro-saintes cigarettes. Il s'énerve, il n'a pas trouvé l'argent, et dans ce capharnaüm ça n'a rien d'étonnant. Je m'énerve à mon tour.

« Laisse tomber ! Tu avais dû le mettre ailleurs !

– Je ne vais pas laisser tomber vingt-cinq mille francs ! Louise, on en aura besoin ! Tu es sûre que ce n'est pas toi qui l'as mis ailleurs ? Tu ne l'as pas pris ?

– Puisque je te le dis ! »

Cette dispute a un côté surréaliste, dans le fracas des vagues et l'urgence de se préparer à quitter le navire. Il perd un temps précieux, un calme précieux. Je sais que cet argent est important, mais s'il est passé par-dessus bord à travers la timonerie...

Il abandonne, désespéré.

Je le vois prendre un seau en plastique qu'il bourre rapidement, tandis que le bateau tangue et roule, et que nous avons du mal à nous maintenir dans le désordre du carré, dans l'eau qui entraîne un fouillis d'objets d'un bord à l'autre. Trop occupée avec Gaëlla, je ne m'inquiète plus de ce qu'il fait.

« On va sortir par là... tu vois... maman va passer d'abord, et papa t'aidera... n'aie pas peur... »

Mais je fais encore une tentative auprès de Bernard, pour reculer l'échéance de monter dans le canot de survie et de nous perdre dans cette tempête.

« On pourrait l'amarrer avec des haussières l'une sur l'autre, on aurait une bonne longueur, cent ou deux cents mètres, tu ne crois pas ? »

Il est de dos, en train de caler une bouteille de rhum dans le seau en plastique. Il grogne :

« En cas de coup dur, on n'aurait jamais le temps de couper l'amarre, le diamètre est trop gros... Grouille-toi, Louise... »

L'image du *JVG*, s'enfonçant inexorablement dans la mer, en nous entraînant avec lui comme un paquet... je frissonne.

Je râle aussi intérieurement contre cette timonerie, haute comme une guérite. Sans elle, les vagues seraient passées par-dessus le bateau sans dommages comme pour un simple voilier, par exemple. Je la maudis cette timonerie, tous ces morceaux de verre propulsés, cette sensation de noyade qui m'a prise tout à l'heure lorsque le bateau était couché sur le flanc, une horreur. Je suis trempée. Les bottes, le gilet de sauvetage ne m'empêchent pas de claquer des dents. J'ai renoncé à enfiler mon ciré pardessus, je ne pourrais pas bouger.

« Grouille-toi, Louise.

– Les lignes de pêche ! Il faut les prendre !

– On en trouvera dans le canot ! Grouille-toi. »

Le radeau est amarré à hauteur de la coque. Il faut sortir par la fenêtre glissante de bâbord, progresser sur le pont et se mettre à son niveau. Je n'avais jamais vu de canot de survie gonflé. Ce truc me flanque la trouille. Deux mètres de diamètre. On va s'enfermer là-dedans, et puis ? Est-ce qu'on a fait le bon choix ?

Il m'a persuadée, j'obéis, mais dans un coin de ma tête je me dis encore : « C'est une connerie... »

Et dans un autre coin : « Gaëlla. Il a raison pour Gaëlla. On ne peut pas risquer la vie de Gaëlla... »

Le canot n'est pas arrimé dans le bon sens ; l'ouverture normale, celle par laquelle on doit y pénétrer, est face à la mer. Devant moi, le trou de récupération d'eau douce. Comme une espèce de tunnel dans la toile, en forme de cône. Ce n'est pas fait pour laisser passer facilement un corps.

Bernard me dit très vite :

« Vas-y, je te tends d'abord Gaëlla et ensuite les sacs ! »

Les yeux noirs de ma fille s'agrandissent de terreur, et elle se met à hurler : « Au secours ! Au secours !

– Gaëlla, ma puce, ne crie pas, personne ne t'entend !

– Je veux pas y aller ! Je veux pas aller là-dedans ! Je veux aller dans le canot ! »

Le canot, pour elle c'est le pneumatique, celui qui était amarré sur le pont et qui a explosé avec la vague. Elle en a l'habitude, elle y a fait des tours avec son père avant de partir.

J'enjambe la filière, en me tenant d'une main, et me contorsionne pour plonger dans ce tunnel. Je force le passage avec peine, les jambes d'abord, la tête au-dehors, tandis que ce maudit canot n'arrête pas de bouger dans tous les sens.

Une fois dedans, enfermée dans ce minuscule habitacle, tout rond, j'entends la voix de Bernard, étouffée par le fracas des vagues :

« Prends Gaëlla, Louise ! Dépêche-toi ! »

Je tire ma fille par les jambes, je l'oblige à se faufiler comme moi, tandis qu'elle continue à pleurer.

« Je veux pas... »

Son gilet de sauvetage se coince, et je mets toutes mes forces à la tirer vers moi.

« Calme... calme, ma poupée. Ça va aller... »

Je distingue à peine son petit visage rond, ses grands yeux noirs affolés, je devine la bouche qui tremble, le menton plissé de chagrin.

Est-ce que je pense quelque chose de précis à ce moment-là ? Non. Je ne crois pas. J'agis, j'installe ma fille au fond du canot, sous la petite lumière orange. Les gestes rapides, précis. Je me rends compte que Bernard ne pourra pas passer par ce trou stupide. Et l'ouverture qui est de l'autre côté ! Je lui crie :

« Passe-moi les sacs et tourne le canot ! Tu l'as amarré dans le mauvais sens ! »

En fait, l'ouverture du canot avait été à l'origine mal placée.

Il lutte un bon moment avant de parvenir à manœuvrer et à le faire pivoter. Pendant ce temps, des paquets de mer le font vaciller, il s'acharne et s'épuise. Enfin il se glisse par l'ouverture ; je le vois prendre son poignard dans sa botte.

« Qu'est-ce que tu fais !

– Je coupe l'amarre avant qu'on se fracasse contre la coque ! »

La lame sectionne le filin, et il jette le poignard à la mer.

« Pourquoi tu fais ça ? Pourquoi tu le jettes ?

– La lame peut percer le radeau ! »

Pas le temps de répondre, en quelques secondes nous sommes propulsés loin du voilier. Je distingue la lumière du mât, par à-coups, au rythme des vagues, puis elle s'éloigne, disparaît, emmenant la vie avec elle. J'en pleurerais. Le *JVG* a accouché de cette bulle ronde et si légère que l'on sent le claquement furieux de l'eau sous nos fesses. Il a coupé le cordon, le cordon ombilical, il nous abandonne.

Cinq secondes. C'est si rapide, on est partis si vite.

Je nous ressens tout petits, trois larves minuscules jetées dans l'océan. Je ne dis rien. Ça sent le caoutchouc, l'eau de mer ; la loupiote éclaire faiblement notre habitacle. Par moments j'aperçois par l'ouverture des lumières au loin, si vagues.

Bernard lance une fusée de détresse. On

attend, le cou tendu en direction des espoirs lumineux.

Rien. À présent les lumières ont disparu, la bulle de caoutchouc tourne sur elle-même, dans la nuit de tempête.

Où est le bateau ? Va-t-il resurgir tout à coup au-dessus de nous ? Nous écraser ? On se regarde en silence.

C'est une vague qui nous réveille brutalement de cette courte et étrange apathie. Elle pénètre en chuintant par l'ouverture et trempe toutes nos affaires en une seconde.

Il faut fermer l'entrée du radeau, rabattre la toile sur ses trois points de fixation. Un au centre et deux sur les côtés. Je me bagarre avec ce truc, avant de comprendre que la bâche qui sert de porte a une ganse qu'il faut d'abord passer dans des boutons de la partie extérieure du canot. Rien n'est pratique là-dedans. Pas de filet pour coincer les sacs, rien pour s'arrimer.

Nous sommes chahutés sans arrêt. Bernard installe Gaëlla au milieu, et nous nous mettons de chaque côté pour faire balancier. J'examine mon sac. Le paquet de gâteaux est une bouillie, je le jette pour qu'il ne fasse pas de saletés dans le fond. Même en cas de panique, je ne peux pas m'empêcher de faire le ménage. Puis je repère une fuite à partir du cône de récupération d'eau de pluie. Je m'occupe à le saucissonner comme je peux et à le ficeler avec un bout. La vague nous a trempés, et dans le fond du canot s'est formé un petit lac.

Je caresse le visage de Gaëlla, qui ne pleure plus et nous regarde l'un et l'autre de son air sérieux. Je lui souris. Sourire c'est mon arme, ma défense, ma lutte contre l'adversité. Je lui fais un bisou. J'ai toujours besoin de la toucher, de la câliner, de palper ce petit bout de femme que j'ai mis au monde.

« T'es grognon, ma puce ? »

Je trouve Bernard bien pâle, mais cette lumière ne nous donne pas bonne mine. On a l'air cadavériques. On ne peut pas se tenir debout. Il faut faire attention à chaque mouvement. Et c'est horrible de ne pas voir le ciel, d'être enfermés là-dedans, recroquevillés comme des crapauds.

« Ça va ?

– J'ai pris un gnon dans le ventre, mais ça va... t'inquiète pas... Et toi ?

– Ma fesse. Je sais pas où je me suis cognée, à part ça, ça va... »

Toute la nuit, on essaie de dormir, mais les vagues ne nous en laissent pas le temps. La bulle menace de chavirer sans arrêt et de nous retourner la tête en bas. Il faut équilibrer la charge sur le plancher mouvant, s'arc-bouter sur les boudins, écarter les bras en croix, laisser passer la secousse et guetter la prochaine. La plupart du temps la vague nous bouscule, nous projette les uns sur les autres ou nous fait tourner comme des toupies. Encore une erreur, nous n'avons pas eu le temps d'installer l'ancre flottante pour nous stabiliser. Le froid commence à nous engourdir sérieusement, et l'eau s'infiltre. Il doit y avoir une fuite quelque part. Le fond du canot clapote, nous avons le derrière dans l'eau de mer en permanence. Il faut essayer de dormir. Je suis capable de m'assoupir dix minutes et de me réveiller quand il faut. Il le faut souvent, chaque fois que Bernard me dit :

« Attention, en voilà une ! »

Nos visages de cadavres, cette lumière irréelle, dans ce vase clos, la danse ininterrompue des vagues, et nos efforts pour garder l'équilibre. À un moment j'ai pensé bêtement : « On se croirait à Disneyland. »

Est-ce qu'on a bien fait ? Est-ce que je n'aurais pas dû persuader Bernard de rester sur le bateau, au lieu de me laisser convaincre, moi, de le quitter ? J'y pense toute cette nuit-là, où la mer joue avec nous dans cette bulle de caoutchouc comme avec une mouche. Où je regarde le corps de ma fille recroquevillé au centre du canot, et nous, comme des pantins tirant des ficelles invisibles.

Et je pense aussi au S.O.S. On a dû nous entendre, au matin un cargo tombera sur nous.

Le *JVG* a sûrement coulé à cette heure. Pourquoi nous ? Pourquoi cette tempête brutale ? Je ne m'attendais certes pas à une mer d'huile, tout le monde sait que cette région est soumise à des vents d'ouest, à des coups de tabac.

Je pense, je dors quelques minutes, je m'agrippe aux boudins, et ça recommence.

À l'aube du jeudi 6 octobre, un soleil minable tente vainement de passer la couche de nuages sombres et bas juste au-dessus de nous. J'ai soulevé la bâche pour regarder au-dehors, avec l'espoir d'apercevoir au loin la masse d'un cargo. On en a croisé tellement, jusqu'à hier encore.

Rien. Un désert gris de plomb. Nous dérivons vers l'ouest, mauvais signe. La mer est toujours agitée. Bernard est épuisé, ses mains sont blêmes de froid, la peau gondolée comme celle des miennes, mais il se force à prendre un ton léger.

« On va se réchauffer... »

Nous sommes un peu moins secoués. Il sort la bouteille de rhum. En avale une gorgée et me la tend, j'avale à mon tour la valeur d'un bouchon. Ça réchauffe provisoirement, en tout cas la gorge.

« Tu dors, Gaëlla ? Tu dors, ma puce ? Tu veux du jus d'orange ? »

Je frotte ses petites mains pour rétablir la circulation.

« Tu veux de l'eau ? »

Elle grommelle qu'elle a sommeil. J'insiste un peu sans résultat. J'ignore si elle veut réellement dormir, si elle boude. Elle est choquée en tout cas.

Je commence à ressentir douloureusement le choc de la veille. Je vérifie en remuant doucement la jambe dans tous les sens, rien de cassé. Mais je dois avoir un fameux bleu sur la fesse.

Bernard m'observe, en grimaçant lui aussi. Il se tient l'estomac, frotte doucement le sternum, de temps en temps.

« C'est la caisse d'accastillage, je l'ai prise au plexus. C'est rien, ça va passer. »

C'est à ce moment-là, au petit matin, que nous faisons l'inventaire de nos biens. D'abord je vérifie les vêtements dans le sac marin, et nos papiers. Les serviettes sont trempées, je les essore, les pulls aussi. Je mets un certain temps avant de me préoccuper du reste.

Je m'empare du seau en plastique que Bernard s'est chargé de remplir. Une cartouche de cigarettes, complètement trempée, des allumettes dans le même état, la bouteille de rhum, et rien d'autre.

« Bernard ! »

Je l'entends encore me dire : « Je m'occupe de la bouffe et des cigarettes. » C'était au moment où j'habillais Gaëlla. Je le vois fouiller dans les caisses, éparpillées par la vague, où se trouvaient justement les réserves.

« Bernard ? Mais il n'y a rien ! »

Il me contemple, abasourdi. Il fait une grimace. Comme s'il haussait les épaules d'impuissance.

J'en suis toute bête. Je vais hurler quelque chose, pourtant rien ne sort de ma bouche. Hurler, mais quoi ? Ce n'est pas le moment de s'engueuler. On aura tout notre temps à terre pour se faire des reproches. Tout de même, je l'ai en travers.

« Tu as pensé à tes cigarettes ! Tes saloperies de cigarettes. »

Elles sont tellement trempées que ça m'étonnerait qu'il puisse en fumer une.

Alors nous fouillons dans les sacs orange qui contiennent le matériel de survie.

Une paire de ciseaux, un couteau non tranchant, des bandes Velpeau, beaucoup de bandes Velpeau. Deux éponges, une écope en plastique, un tube de pommade antiseptique, des sachets d'eau douce, l'équivalent de deux litres, une ancre flottante, deux fusées de détresse et des fumigènes.

« Les fusées sont mouillées.

– Les fumigènes aussi. »

Restent un filin et l'anneau qui permet de redresser le radeau quand il chavire.

Cette bulle est insubmersible, à condition que le canot soit suffisamment gonflé, mais elle chavire.

Le reste est décourageant : des comprimés contre le mal de mer, en bouillie ; une lampe supposée servir de S.O.S. lumineux mais qui ne fonctionne pas ; deux pagaies de bois, un kit de réparation avec un tube de colle, « à n'utiliser que lorsque le radeau est sec ».

J'ignore le mode d'emploi du radeau lui-même, écrit en flamand et en minuscules ainsi que le dictionnaire de flamand qui l'accompagne.

Il n'y a d'important que le gonfleur, heureusement en bon état, pour maintenir la pression des boudins de caoutchouc. Pas de ration de survie.

« C'est tout, Bernard ? Rien à manger ?

– Non.

– Un miroir ?

– Non.

– Et les lignes de pêche ?

– Y en a pas... »

La rage qui me prend à ce moment-là.

« Je voulais les emporter ! Tu m'as dit, laisse tomber ! Tu m'as dit...

– Normalement il devrait y en avoir.

– Normalement ? Tu sais ce que tu aurais dû

faire normalement ? Normalement tu te chargeais de la bouffe ! Normalement tu aurais dû vérifier le canot de survie ! Tu pouvais encore le faire quand tu l'as amarré au bateau ! »

Ce « normalement », c'est tout Bernard ça. Avec l'air triste d'un chien battu. Puni, malheureux. Il a parfois le don de se mettre dans des histoires de dingue, et de m'attendrir en plus.

« Elles étaient à portée de main, les lignes, dans le frigo. On les avait rangées là exprès en plus.

– On n'en aura même pas besoin, Louise, on va nous retrouver. »

Je suis faite de telle sorte que ma colère explose et retombe aussitôt. C'est comme le sommeil, un coup bref, et je me réveille. Mais si je me calme extérieurement, ça n'empêche pas mon cerveau de tourner à cent à l'heure. J'essaie de rassembler les informations qui m'assaillent. Bernard est moralement dans un triste état, physiquement il tient mal le coup. Je crois savoir pourquoi. Il n'a rien mangé depuis le départ ou presque. Fumé, ça oui, avalé du café aussi, mais ce n'est pas avec ce qu'il a dans l'estomac qu'il peut tenir. Heureusement Gaëlla a bien mangé la veille, et moi j'ai réussi à avaler suffisamment pour ne pas être affamée tout de suite. Donc...

Seul réconfort, j'ai le jus d'orange et la bouteille d'eau supplémentaire que j'ai embarquée. Et il y a le rhum. Sur le papier dit « de survie », attestation de ce désastre, je déchiffre péniblement les conseils : « Ne pas boire d'eau de mer. Ne pas boire son urine. » Bon. L'inventaire est fini. Il s'agit de s'organiser. On range, on enlève nos bottes pour délivrer nos pieds de ce carcan humide et glacé. On évalue la quantité d'eau, pour la rationner. Et placer enfin l'ancre flottante qui nous stabilise. Ça fait du bien.

« Deux ou trois jours. Moi je dis que deux ou trois jours c'est le maximum pour nous repérer. »

Le ciel est si couvert qu'aucun avion ne pourrait nous voir. Il y a des courants contraires, les vagues sont très serrées et nous secouent toujours. La mer si grise, si vide. Je refuse de me laisser impressionner par cette oppression grise. Je râle pour faire diversion.

« Elle m'énerve cette loupiote, on ne peut même pas l'éteindre en plein jour ! Je me demande comment ça marche.

– Avec des piles je crois, ça s'allume automatiquement quand le canot se gonfle.

– Tu as mal ? »

Il s'allonge comme il peut, les bras serrés sur la poitrine, son ciré en couverture.

« Un peu. Ça va passer... »

Je le regarde s'escrimer sur une cigarette qu'il essaie de faire sécher, sans espoir. Toute sa cartouche... une fumée sans espoir. Mais il continue de nous persuader :

« La côte n'est pas loin, je parie que demain soir on dort dans un lit. »

Jamais je n'oublierai cette vague qui nous a couchés comme une crêpe. Jamais je n'oublierai ce moment où le *Jan Van Gent* s'est éloigné avec son feu de mât, emportant la nourriture, l'eau douce, la vie.

J'en veux à Bernard. J'enfouis ce sentiment au plus profond de moi pour l'instant. J'essaie de ne pas le lui dire. En temps normal je discuterais, j'argumenterais à n'en plus finir. Mais seuls, tous les trois dans cette bulle orange qui va décider de notre destin, je me tais.

C'est la première fois de ma vie que l'expression « Il est trop tard » prend toute sa signification pour moi. La mer est un révélateur impitoyable. Elle sait sanctionner l'erreur humaine.

Le silence de la mer

La mer c'est le silence. Un silence d'odeurs et de sons. Si un bateau arrive dans le sens du vent, on sent de loin la fumée du cargo, on peut entendre avant même de le voir le ronronnement d'un moteur.

Je ne sens que l'odeur écœurante du caoutchouc neuf et l'inlassable ressac des vagues sous mon corps. Ces miettes de tabac qui traînent dans l'eau, comme une bouillie brunâtre, me dégoûtent. Gaëlla dort. Renfrognée.

On s'engueule tous les deux d'une voix sourde.

« Tu ne t'es occupé que de tes affaires ! Pas la moindre boîte de conserve, rien, quand je pense à tout ce qu'il y avait à bord ! Je te l'ai demandé, Bernard. Tu m'as dit : "Je m'en occupe !" »

Il baisse la tête comme un gamin pris sur le fait.

« Qu'est-ce que je peux faire maintenant ? On est dans la merde, je le sais, c'est ma faute, je le sais. Qu'est-ce que je peux faire ? »

Son regard fuit. D'habitude, il regarde les gens dans les yeux.

« Cette cartouche de cigarettes, c'est de l'égoïsme pur ! »

Difficile de me taire. Pour Gaëlla ce serait pourtant nécessaire. Il est inutile d'ajouter à son angoisse une bagarre entre père et mère. En plein océan, une scène de ménage résonne dans le vide, creuse, bête. Mais le fait de nettoyer cette saleté qui s'incruste entre les boudins, se mêle à l'eau de mer, colle aux vêtements, c'est comme une nausée de paroles qui m'a pris soudainement.

Quelque chose de plus grave nous alerte. Le radeau se remplit d'eau et nous devons écoper à nouveau en nous servant des éponges. Au bout d'une demi-heure de ce travail fastidieux, le fond du radeau est vide. Bernard souffle un peu, moi aussi, les yeux rivés sur la toile.

Ça recommence.

« Il y a une fuite quelque part. »

Gaëlla dort toujours, repliée comme un petit chat, la tête dans les genoux. Et l'eau suinte autour d'elle. J'en ai les larmes aux yeux. Il faut faire le tour des boudins qui ceinturent le radeau. Passer les doigts lentement, en bougeant avec précaution, courbés puisqu'on ne peut pas se tenir debout, et en faisant attention à chaque mouvement intempestif de l'un ou l'autre, qui pourrait déplacer le centre de gravité et nous faire chavirer.

« Merde ! J'étais assis dessus ! »

Bernard vient de mettre le doigt sur un orifice

microscopique où l'eau de mer perle sournoisement.

Elle fait peur cette minuscule menace translucide.

« On peut réparer ?

– Avec quoi ? Cette saloperie de colle ne durcit pas quand le radeau est humide, tu as vu le mode d'emploi ! C'est intelligent leur truc quand on est paumé en mer ! »

La seule solution est de rester allongés à côté du trou, et de soulever la toile du fond pour éviter qu'elle ne reste en contact avec la mer. Solution illusoire : nous avons les fesses dans l'eau en permanence. Ajouté à l'immobilité forcée, le froid humide nous engourdit complètement.

Je vais confectionner un matelas avec les serviettes-éponges, les gilets de sauvetage et les vêtements qu'il faut d'abord essorer soigneusement, tordre et disposer en couches vaguement protectrices. De cette façon je me retrouve relativement isolée. Gaëlla se réfugie sur moi, ensommeillée et grognon. J'ignore l'heure qu'il est. Le temps a tellement d'importance qu'il finit par ne plus en avoir. L'attente est un état hypnotique.

Je suis à la fois hébétée et furieuse. Furieuse de le regarder essayer, pour la énième fois, de faire sécher une cigarette informe, gratter une allumette trempée, alors que nous n'avons même pas un pot de confitures ou une conserve, quelque chose de solide à avaler. Il aurait pu prendre n'importe quoi au hasard. Surtout pour Gaëlla. Moi je m'en fiche un peu. La faim ne me torture jamais vraiment, je peux tenir en mangeant une tomate, un quignon de pain. Une gorgée d'eau douce ou un quart de bouchon de rhum n'arrivent pas à décoller ma bouche pâteuse.

« Dès qu'on sera à terre, on fera une fête super. Je vous emmènerai dans un restaurant, on se gavera de plein de trucs. »

Il sort des billets de banque de son portefeuille et les étale sur le boudin. Il a dû sauver environ trois mille francs. Convaincu que nous allons être tirés d'affaire dans la journée, le lendemain au plus tard, il monologue sur notre sauvetage. À ce moment-là, je le crois, bien sûr. Ce S.O.S., la proximité des côtes, le nombre de cargos que nous avons croisés les jours précédents, tout force logiquement à l'optimisme. Mais une image ne me quitte pas, celle du *JVG* fuyant dans la nuit, dans le hurlement des vagues et du vent. La réalité. Où a-t-il dérivé ? comment a-t-il coulé s'il a coulé ?

Tout en ruminant je fais l'inventaire des blessures. Gaëlla n'a rien, c'est l'essentiel. Chez moi les vitres de la timonerie ont provoqué quelques dégâts, des coupures aux bras et aux jambes que l'eau de mer ronge, mais rien de réellement préoccupant. Par contre, je me dandine d'une fesse sur l'autre sans arrêt, j'ai mal au côté droit.

« Montre-moi. »

Je me contorsionne péniblement pour que Bernard repère l'endroit douloureux et il conclut à une coupure superficielle, assortie d'un gros bleu. Tout va bien pour moi en somme. Bernard est plus atteint. Non seulement il est couvert d'écorchures mais le moindre mouvement le fait grimacer de douleur. L'estomac ? Le ventre ? Les côtes ?

« Où as-tu mal exactement ?

– Le sternum. Ou l'estomac. C'est douloureux au toucher, mais ne t'inquiète pas. »

Si, justement, je m'inquiète. Il fait le fort, le courageux, mais il a une sale tête. Une pâleur que je n'aime pas, comme si le sang s'était retiré de son visage, sous la barbe. Il a vieilli d'un coup. La blessure est dans le regard, dans le creux des joues, dans les deux mains crispées.

De cette première journée dans le radeau, je ne me souviens précisément que des brins de tabac, de ma rage contre ce tabac, et de l'inventaire désolant du matériel de survie. Ce rien, c'est le plus stupide.

Et aussi qu'il y a beaucoup de silence entre Bernard et moi. Gaëlla somnole, renfrognée la plupart du temps.

« Et mes poupées ?

– On les retrouvera, ou on en achètera d'autres, ne t'inquiète pas. »

Elle se rendort, puis se réveille en sursaut.

« Maman, je veux faire pipi ! »

Compliqué de faire pipi dans ce boudin mouvant. Pour Bernard c'est relativement plus simple, il n'a qu'à ouvrir la bâche et se soulager par-dessus bord.

Une bouteille en plastique découpée va faire office de pot de chambre pour la petite. La lame du couteau de survie n'est pas très coupante, mais Bernard parvient à confectionner le petit réceptacle, ensuite je maintiens ma fille en équilibre au-dessus du « pot ». Son urine sent fort, elle n'a pas assez bu depuis la veille. Sur le moment ça ne me préoccupe pas trop, je le constate, c'est tout.

Pour moi, l'opération « pipi » s'avère plus délicate. Je dois retirer la veste du ciré, ôter les bretelles du pantalon, faire glisser le caleçon que je porte en dessous et m'agripper à une sangle amarrée au boudin. Le froid me saisit les reins immédiatement.

Lorsque l'envie me reprend, quelque temps plus tard, je renonce à cet exercice d'acrobatie épuisant et périlleux pour notre équilibre.

« Maman, t'as fait pipi dans ta culotte ! C'est tout chaud ! »

C'est dégoûtant, mais tant pis. Je m'en fous. Je préfère cette petite humiliation plutôt que d'avoir froid et risquer de déstabiliser le radeau. La dignité, la pudeur, ça ne veut rien dire sur ce désert liquide, hostile et gris qui nous ballotte à son gré. Le soleil va se coucher, la journée a passé bizarrement sans événement plus notable. Sauf lorsque Gaëlla commence à se plaindre :

« J'ai faim. Maman. Dis, maman, pourquoi y a pas de bateau ? »

Son père a tellement dit qu'un bateau allait nous trouver.

« Ils sont où les bateaux, maman ? »

À la seconde où le reproche va franchir mes lèvres, celui-ci les paralyse aussitôt. Bernard n'y peut rien. Alors je m'accroche à l'arceau, je soulève la bâche pour regarder le ciel et engueuler

Dieu. L'engueuler à la place de Bernard, à ma place. Parce que je m'en veux. Mais tout cela est confus dans ma tête, je ne me souviens pas d'avoir réfléchi à ce point, seulement d'avoir hurlé :

« Qu'est-ce qu'on t'a fait ? Pourquoi nous ? Pourquoi tu nous punis comme ça ? Qu'est-ce qu'on a fait de mal ? T'as pas le droit de faire souffrir une enfant ! T'as pas le droit ! »

Une petite main m'agrippe. Gaëlla a rampé à quatre pattes derrière moi, passe le poing dehors, et fait comme sa mère, elle engueule le bon Dieu !

« Je veux une saucisse de Strasbourg ! Une saucisse froide ! Je veux du chewing-gum, et puis je veux... une saucisse ! Méchant Jésus ! Méchant ! »

Bernard nous trouve hystériques.

« Calmez-vous, nom de Dieu ! »

Je regagne ma place, Gaëlla allongée sur moi.

« Ça sert à quoi d'insulter le bon Dieu ? Tu veux qu'il se fâche vraiment après nous ? Tu ferais mieux de prier. »

Je prie. Quelque chose du genre : « S'il te plaît, mon Dieu, notre destin est entre tes mains, fais qu'un bateau nous retrouve, dévie-le de sa route, ou alors envoie-nous un avion ou un hélicoptère. »

C'est naïf. C'est de la superstition ou de la croyance, je n'en sais rien, mais j'ai besoin de parler à ce qu'il y a au-dessus de nos têtes. Une entité qui décide pour nous ou contre nous. Il doit bien y avoir quelque chose. Qu'on l'appelle comme on veut, Destin, Jésus, Dieu, mauvais sort ou bon secours. Aide-nous, merde !

Ma crise de nerfs contre les cieux m'a fatiguée. Mais je ne veux pas renoncer dans ma tête. L'obstination fait partie de ma nature. Je suis persuadée que si l'on veut très fort quelque chose, qu'on ne relâche pas sa concentration, on finit par l'obtenir.

« Je tiendrai, Bernard. On s'en sortira.

– Tu tiendras. Tu as raison. Les secours vont arriver, je sais que tu tiendras. »

Le soir, la nuit, je ne sais pas quand, il me dit d'un air triomphant :

« Regarde ! »

Il a réussi à allumer deux cigarettes et m'en tend une. Il fait si froid et si humide que la chaleur de la première bouffée est une bénédiction de ce ciel que je maudissais. Un petit signe qui me rattache à la terre, au monde des vivants, à l'ailleurs. En fermant les yeux, j'imagine la terre, des humains et être au sec. J'avale la fumée, je la mange avec mes bronches. Cette saleté de cigarette redonne de l'espoir.

Ensuite il faut retomber dans le saumâtre. Écoper. On écope toutes les heures environ, mécaniquement. Puis Bernard se sert de la pompe pour regonfler le boudin. C'est éreintant et il s'essouffle de plus en plus. Je vois bien qu'il souffre. Dans cette lumière blafarde qui commence à décliner, son visage me fait peur. Un fantôme. Pitié et colère ne cessent de se mélanger dans ma tête. Par moments, j'ai envie de lui dire :

« C'est bien fait, tout ça est ta faute ! »

Pour un peu, je lui balancerais tout ce que j'ai sur le cœur depuis notre séparation. L'échec de sa vie, du couple, ses perpétuels ennuis d'argent, sa légèreté et sa faiblesse déprimante. Son manque de sérieux dans cette histoire. Si... il avait pris à manger, si... il avait embarqué les lignes de pêche. Avec des si, je le condamne en bloc. Mais il y a aussi la tendresse et la pitié. Il a mal. Il lui faudrait un lit, des couvertures, un oreiller, des soins.

« Je suis content que tu sois là avec moi, Louise. »

Je m'endors en rêvant d'un lit. Les bras serrés autour du corps de ma fille dont le poids m'ankylose. Un rêve de palace, pour tenir, pour que le mental ne « pète pas les plombs ».

Le vendredi. Nous sommes vendredi 7 octobre. L'eau clapote sous moi et me réveille, Bernard aussi. Le jour passe faiblement au travers du caoutchouc orange. En glissant la tête au-dehors, je ne vois que du gris désespérant. Il faut écoper encore. Mes manches sont imbibées d'eau, je les retrousse pour récupérer les deux fusées de détresse que nous voulions faire sécher sur le boudin et qui ont roulé dans la flotte. Je les remets en place. Et j'écope. Gaëlla dort encore, et je bouge avec lenteur pour ne pas la réveiller. Tant qu'elle dort, elle ignore ce qui se passe. C'est-à-dire rien. Personne ne vient à notre secours.

« Ce soir... tu vas voir que ce soir on sera dans un lit ! Non, d'abord dans un restaurant ! On s'en mettra plein l'estomac... là j'en suis sûr, on nous cherche... hier, bon, c'était un peu tôt, mais maintenant ça y est... »

Dieu t'entende, Bernard... Le ciel fasse que tu aies raison.

« On va faire sécher le linge... Tu me passeras les fringues, et je vais les étendre sur le toit... »

Les serviettes, les pulls, les bandes Velpeau.

« Il y a un peu de brise, ça devrait sécher un peu. »

L'horizon vide. Bernard se recouche, épuisé par l'effort. Il ferme les yeux.

« Je me demande où est le bateau. Tu sais, Louise, si on le retrouve, je vais le retaper... je mettrai le temps qu'il faut, mais j'y arriverai ! On repartira pour le Sénégal. »

Il est fou ? Il nous a obligés à quitter le bateau, et voilà qu'il parle de le retrouver et de le retaper ? On joue à quoi ?

« Ne compte pas sur moi ! J'en ai rien à foutre de ton bateau ! Jamais je ne remettrai les pieds sur un bateau ! Et Gaëlla non plus ! »

Mauvaise. Je suis mauvaise, mais l'absurdité de la situation me dépasse. On n'a rien à manger, quasiment rien à boire, quand la petite va se réveiller, et réclamer, je vais lui répondre quoi ? Que papa va rafistoler le bateau un de ces jours et qu'on bouffera des bananes au Sénégal ? Je ne comprends pas les hommes. Et voilà qu'il boude évidemment. Calme, Louise. Il faut que je trouve quelque chose à faire. Du ménage, ramasser les brins de tabac un à un. L'immobilité forcée va me rendre dingue.

Bernard examine les papiers que j'ai embarqués en vrac, regarde les photos d'identité de nos passeports : des souvenirs désordonnés qui occupent les yeux, et les mains. Lorsque Gaëlla se réveille, elle demande à voir elle aussi les images. Puis, le jeu épuisé, demande à faire autre chose.

« On va écrire l'alphabet, ma puce. » Mon carnet d'adresses est mouillé, mais le stylo fonctionne.

Elle s'applique, en râlant après le papier imbibé, qui se déchire, alors je lui donne des morceaux de bande Velpeau qui ont à peu près séché dans le vent. Au moins, le stylo ne les transperce pas.

Ensuite nous passons au ramassage du linge, puis à l'écopage. C'est le plus dur, et le plus râlant, cette eau qui ne cesse de suinter. Pour aller plus vite, on se sert de nos bottes. Le temps passe ainsi, c'est long d'écoper, long de faire attention à chaque mouvement, long de se mouvoir courbé en deux, ankylosé, geste après geste.

« On a pas emporté de peigne, maman ! »

Pas de trousse de toilette, ça me fait penser au dentifrice. On aurait pu mâcher la pâte au moins...

« J'ai faim, maman...

– Moi aussi j'ai faim, il faut de la patience, ma puce. »

Bernard se croit drôle.

« Tu voulais faire un régime pour maigrir. »

Il voit mon regard noir et ajoute :

« N'empêche, tu es jolie comme ça, avec les joues creuses. »

Je me demande la tête que j'ai en ce moment. Les joues creuses déjà ? Je dois être laide à faire peur. Machinalement je passe mes doigts dans mes cheveux pour les démêler, la langue sur mes lèvres, puis sur mes dents, j'ai un goût fade dans la bouche et l'estomac noué de crampes.

Gaëlla a le regard implorant. Qu'est-ce que je pourrais faire pour calmer sa faim. Mâchouiller du papier... de la bande Velpeau.

« Attends, on va faire un truc, tu vas te mettre sur mes genoux, et tu vas téter, comme quand tu étais bébé. »

Lui donner le sein, c'est mon seul recours. Je l'ai nourrie très longtemps, jusqu'à l'âge de deux ans et demi. À l'époque, on naviguait le long de la côte mexicaine, l'eau n'était pas toujours potable, et mon lait était un recours facile. Gaëlla retrouve le mouvement de la tête qui se pose de côté, le regard rassuré, content, du bébé qu'elle était et qu'elle est encore. Elle tète. Puis lâche mon sein, dépitée :

« T'as pas de lait.

– Je sais, mais fais comme s'il y en avait. Tu penses dans ta tête que tu bois le lait de maman, tu le penses fort, très fort, tu verras, ça va calmer ton estomac. »

C'est à la fois émouvant pour moi et déconcertant. Émouvant parce que je retrouve les sensations oubliées, le bonheur de bercer mon bébé, de caresser ses cheveux, de parler doucement pour la rassurer. Et déconcertant parce que je sais l'inutilité, le vide de mes seins. Mais si le bon Dieu faisait un effort ? S'il donnait à

Gaëlla ce lait qu'elle espère ? Un miracle, on ne sait jamais.

Le miracle est qu'elle s'est endormie accrochée à mon sein. Je peux rabattre le tee-shirt, le blouson, et contempler son visage apaisé. Je n'ai rien d'autre à lui offrir que l'apaisement.

Le vent s'est levé à nouveau, les vagues nous trimbalent sur une crête, dans un creux, la mer siffle et grince sous nos fesses, le bruit est fatigant, comme une scie. Bernard dit tout à coup :

« J'entends une radio ! Louise, écoute. »

J'entends aussi. Un grésillement quelque part. Où ? dans le radeau ? sur l'eau ? En haut, en bas ? On cherche, on tend l'oreille, prêts à entendre des voix, de la musique, quelque chose de vivant, on espère tellement.

« C'est pas possible, ce n'est pas une radio.

– Mais si, écoute.

– Une fuite ? Le boudin qui se dégonfle ?

– Non, écoute, Louise, écoute. On dirait la radio d'un cargo qui gueule ! L'eau nous amène le son. »

Nous n'avons pas trouvé. Je ne sais toujours pas ce que c'était. La joie nous a étreints quelques minutes, le temps de scruter l'horizon. Ensuite nous avons eu peur de délirer. D'entendre des sons imaginaires, comme on voit des mirages dans le désert.

« Il faut qu'on parle, Louise, qu'on fasse travailler nos cerveaux.

– On fait comment ?

– Ton blouson, il est de quelle couleur ? Ne regarde pas, réponds-moi.

– Vert.

– À toi, vas-y, pose des questions.
– La couleur de tes bottes ?
– Bleue. À moi, quel jour est-on ? »

Le jeu continue. Il me raconte tout ce qu'il a fait pour décorer le *JVG*, les petits tableaux qu'il n'a pas eu le temps d'accrocher dans le carré. Par moments, le doute m'effleure encore : a-t-il vraiment écrit son roman ? A-t-il vraiment acheté ce bateau tout seul ? Il ne l'a pas assuré ; c'était impossible à cause d'un papier administratif qui lui manquait. Comment va-t-il s'en sortir financièrement ? En admettant que l'on retrouve un jour une épave, dans quel état sera-t-elle !

J'y pense, je doute, et puis j'oublie, parce que l'heure n'est pas à ce genre de préoccupation. Gaëlla mâchonne le plastique d'un demi-sachet d'eau comme un chewing-gum, pour tromper sa faim. Elle en déchire un morceau et me le tend :

« Tiens, maman, on partage. »

Pourquoi pas ? Je mâchonne aussi, pour l'illusion, pour saliver un peu. J'ai faim, j'ai mal au ventre, mais ce n'est pas le pire. Nous avons tous mal au ventre. J'explique à Gaëlla que ce n'est pas si grave.

« Tu as faim, ton ventre réclame, alors il se met en colère et il se crispe. Mais ça va passer. Il n'y en a pas pour longtemps. Tu vas dire à ton ventre qu'il faut attendre.

– Mais j'ai faim !
– On a tous faim. »

Bernard a l'air de s'en foutre complètement. C'est bizarre. Comme s'il avait abandonné.

« Vous vous en sortirez...

– Pourquoi nous ? Toi aussi tu vas t'en sortir.

– Oh ! moi... j'ai vécu. Je te fais confiance, tu t'en tireras avec Gaëlla.

– Ça va pas ? Qu'est-ce qui te prend ? Tu te laisses glisser ? Bats-toi. Fais comme moi, crie ! »

Je l'engueule. Et Gaëlla s'en mêle aussi.

« Fais comme maman, crie pour que le bateau arrive ! Tu ne veux pas qu'un bateau arrive ? »

Il a déjà parlé de la mort avant de partir. Comme si c'était une chose attendue. Est-ce qu'il est suicidaire ? Pourtant il fait des projets. Par moments, il dit :

« Je ferai des recherches pour retrouver le bateau, et on repartira. Je me démerderai pour le retaper, j'y arriverai. Quitte à rester en Espagne tout l'hiver, c'est pas la première fois que j'encaisse. »

Alors ? Je ne comprends plus ce qui se passe dans son cerveau. Un côté positif, totalement irréaliste d'ailleurs, et un côté négatif.

« Je m'en fous, j'ai bien vécu, basta. »

Je respire la bouteille de rhum vide. L'odeur fait du bien. Elle n'a duré que deux jours. Deux nuits surtout. Sucré et nourrissant, j'ai voulu en donner un peu à Gaëlla, qui a refusé, l'air dégoûté. Par contre, elle joue à mettre une cigarette à la bouche et à faire semblant de fumer. Maudite cartouche. Finalement nous avons réussi à en fumer l'équivalent d'un paquet, tout le reste est fichu. Le seau où il a enfourné son sac avec cette cartouche en quittant le bateau n'arrête pas de tomber. Il m'énerve.

« Cette saloperie de seau ! On a un seau pour quoi faire finalement ? Pour tes cigarettes, la bouteille de rhum et tes papiers ? C'est si important des papiers ? »

Au point où on en est, on n'en a rien à faire de ses papiers. Le seau tombe, les papiers se mouillent tout le temps et on passe la journée à les faire sécher. Passeport, livret de famille, carte d'identité, permis de conduire, carnet d'adresses...

Ça sert à quoi en ce moment ? À nous occuper en tout cas. On pose d'un côté, puis de l'autre, comme une cuisson sur un barbecue et on est tout content lorsqu'une page a bien séché. On se dit : « Si j'arrive à faire sécher cette page en comptant jusqu'à mille, on va nous récupérer. Un pari comme on saute les marches quand on est gosse, en comptant les pas : si je tombe sur un nombre pair, j'ai gagné... »

Les pages du milieu sur le carnet d'adresses ont été épargnées. Ça fait du bien de voir que quelque chose a échappé au désastre. Si petit soit-il, ce quelque chose, quelques pages blanches.

Perpétuel combat entre le froid de l'eau qui nous imbibe et l'envie d'avoir de l'eau dans le corps.

L'eau ennemie, et l'eau providence.

Une autre distraction est de faire sécher les billets de banque en les étalant sur ses jambes. Il y a des images, ça amuse Gaëlla. Mais les billets sèchent plus vite que le reste.

Parler c'est bien, mais ça donne soif, le jus d'orange de Gaëlla est épuisé, ma bouteille d'eau douce également. Maintenant nous attaquons les rations de survie. Je découpe minutieusement le sachet pour ne pas en perdre une goutte. Gaëlla boit en priorité.

« Bois doucement, c'est très précieux, n'avale pas tout de suite. Tu gardes l'eau dans ta bouche, tu la promènes d'une joue à l'autre, tu en profites bien avant de l'avaler. »

Le soleil va se coucher pour la troisième fois.

Un quart de verre environ chaque fois. Une cérémonie de respect, de précaution, on boit goutte à goutte. Deux litres de cette eau fadasse, pour trois personnes, c'est court. Je pense à toute l'eau qu'il y avait sur le bateau, à toute l'eau qu'il y a sur terre. Tant d'eau. Tellement d'eau sur une partie de la terre, pas du tout sur l'autre. Sur dix sachets, il nous en reste la moitié le samedi 8 octobre, la moitié de la moitié le 9, puis plus rien. On en arrive à sucer les sachets vides, à téter une illusion d'eau douce.

Des avions nous survolent très haut dans le ciel, si haut que nous sommes invisibles pour eux. Des gens qui vont quelque part dans le monde, installés dans des fauteuils, qui demandent à boire à l'hôtesse, qui ouvrent un robinet pour se laver les mains, qui gâchent de l'eau là-haut dans le ciel.

Une obsession. Comment faire lorsqu'on n'a

plus d'eau ? Attendre la pluie et la récupérer. D'accord, mais les nuages sur nos têtes, grisâtres, pas même floconneux, n'annoncent pas de pluie. Filtrer l'eau de mer, mais avec quoi. Je sais qu'il existe un système qui consiste à mettre de l'eau de mer dans une assiette, avec une cloche en plastique par-dessus, l'eau en s'évaporant passe dans un petit tuyau, et on la récupère filtrée. Nous n'avons rien de tout ça.

Alain Bombard a confirmé que l'on pouvait boire un tout petit peu d'eau de mer. Une quantité infime. Il faut se préparer psychologiquement à le faire. Mais si ça nous donne la colique ? Si ça nous fait vomir ? Si on a encore plus soif ? Le seul fait d'avoir bu la dernière goutte du dernier sachet est déjà obsédant. On ne peut pas l'oublier cette dernière goutte. Elle multiplie la soif. On peut se dire aussi : « Ce n'est pas vrai, je n'ai pas soif. »

La méthode Coué, ça ne marche pas. Le besoin est physique, la nécessité trop cruelle. On sait, je sais qu'on peut rester longtemps sans manger, mais très peu de temps sans boire. On meurt de soif, pas de faim. Gaëlla a soif. Mon obsession c'est Gaëlla. Je peux tout supporter, mais pas qu'elle souffre.

Alors il faudrait un nuage. Juste un petit nuage au-dessus de nos têtes, qu'il pleuve pour nous. Il pleut bien ailleurs. Des milliards de nuages dans le monde. Juste un seul, un tout petit pour nous.

Je vois des gens sous des parapluies, pestant contre l'eau qui les mouille, alors que je supplie le ciel pour quelques gouttes. Je prie, je prie, je passe mon temps à prier. J'ai peur de m'arrêter de prier. Je crie ma prière aux nuages, la tête levée vers ce gris stupide et sec.

Gaëlla a des plaques de boutons qui la démangent sur les fesses. C'est l'humidité. À force d'avoir le bas du corps dans l'eau, la peau devient molle et flasque. Rien n'est jamais sec, tout ce que nous portons comme vêtements est mouillé, et les boutons se forment particulièrement aux endroits où les élastiques des sous-vêtements nous serrent.

Je nettoie les petites fesses rondes, délicatement, avec une bande Velpeau, pour ôter le sel sur les plaies. Je crache sur le morceau de toile. Puis je passe de la pommade sur chaque plaie. Ensuite je lui enduis les lèvres. Elle râle :

« Berk ! C'est dégoûtant.

– Gaëlla !

– J'en veux pas, c'est mauvais !

– Il le faut ! Tes lèvres vont se dessécher et tu auras mal ! »

Courte bataille avec ma fille. Comme dans la vie de tous les jours au fond. Un enfant ne perçoit pas le drame de la même façon qu'un adulte. Elle continue sa vie, ses petits caprices en font partie, comme les poupées Barbie qu'elle réclame régulièrement, et les pourquoi.

« Pourquoi c'est tout blanc derrière l'avion ? Pourquoi il y a de la pluie des fois, et des fois pas ? » Les « pourquoi », j'arrive à y répondre. Comment volent les oiseaux, nagent les poissons, se couche le soleil, et tourne le vent. Mais il y a les « Est-ce que ? ».

« Est-ce qu'on ira encore chez Mamie ?

Est-ce que j'aurai un cadeau pour mon anniversaire ? Est-ce que papa a mal au ventre ? Est-ce que le cargo va arriver ? Est-ce que le bon Dieu nous entend ? » C'est plus long, plus difficile, mais nécessaire. Ma fille m'aide à tenir, parce que, avant tout, je tiens pour elle. Simple.

La nuit du samedi a été terrible. La mer s'est calmée, mais agite le radeau sans répit. C'est comme une rage de dents qu'on ne peut pas maîtriser. Mon matelas improvisé s'effondre ; j'ai les fesses dans l'eau, j'écope, j'éponge, j'essore, je recale le tout, j'essaie de me rendormir, et ça recommence.

Gaëlla dort sur moi, c'est elle qui est le plus au sec puisque je lui sers de rempart, mais je suis trop souvent obligée de la réveiller pour décontracter mes jambes. Les crampes, les fourmis, l'ankylose. Elle grogne dans son sommeil.

Lorsque le jour se décidera à nous éclairer, le moral remontera un peu. La loupiote s'est éteinte définitivement. Ce noir est aussi difficile à supporter que la lumière minable qui nous éclairait continuellement. Bernard se glisse péniblement sur le côté, soulève la bâche pour regarder dehors.

La nuit ne révèle aucune lumière. La nuit est sèche, sinistre, et nous n'avons plus rien à boire. Bernard réclame à manger, réclame à boire et réclame le pardon. Il ne tient plus, il délire. Il se sent coupable, c'est sa faute, c'est lui qui nous a entraînées dans cette galère. Il n'aurait pas dû abandonner le bateau, il n'aurait pas dû avoir peur de cette fichue troisième vague. Si ça se trouve, elle n'est jamais venue. Si ça se trouve, le bateau se balade tranquillement quelque part. Louise, tu m'en veux ? Ça oui, je lui en veux, mais autant qu'à moi-même.

J'ai dit : « Oui, Bernard. On était d'accord. Arrête de te tourmenter... Arrête de geindre, ça ne sert à rien. »

Je dirai oui tout le temps. Même si c'est faux. Son regard douloureux m'effraie trop. Il parle péniblement, chaque mot lui coûte. Qu'endure-t-il de plus que nous ? Faim, soif, froid, mais quoi d'autre ? J'ai beau scruter son corps étalé, crispé par la douleur, je ne comprends pas parce qu'il n'y a rien de visible, à part les coupures superficielles.

« Tu sais combien de temps on peut tenir sans bouffer ? Louise, j'ai faim, j'ai mal.

– Tu te souviens du type qui est resté coincé dans le tremblement de terre de San Francisco, dans le pont ? Il a tenu quinze jours, en buvant son urine.

– Tu crois qu'on devrait ?

– Non. S'il ne pleut pas demain, on essaiera un peu d'eau de mer. Juste un peu. »

Sa famille. Ses enfants. Il se met à culpabiliser sur sa vie de père. Une litanie.

« Comment faire pour faire plaisir à tout le monde ? J'y arrive pas, Louise. J'ai raté mes gosses. Je suis nul. C'est trop tard maintenant.

– Tu fuis trop. La fuite n'arrange jamais rien. Il n'est jamais trop tard. »

Ce dialogue, nous l'avons souvent eu. Trop ceci, pas assez cela. Au fond, il a les angoisses classiques d'un homme de cinquante ans qui regarde en arrière. J'aurais dû, si j'avais... mon fils avait besoin de moi, je connais mal ma fille.

« C'est ma faute, tout est ma faute. Même avec toi je n'ai pas su.

– D'accord, c'est ta faute. Mais on a eu de bons moments, on s'est aimés, on a rigolé, on a vécu des histoires, et surtout on a Gaëlla.

– J'ai besoin de toi. Heureusement que tu es là.

– D'accord. Mais ne compte pas sur moi pour recommencer.

– Louise ? Comment on fait pour être libre ? Merde, je voulais, j'y arrive jamais. »

Cette saleté de nuit n'en finissait pas. On parlait des bateaux, de celui qui allait nous retrouver. Bernard ne voulait pas d'un thonier, ça bouge tout le temps, et c'est trop lent. Moi je pensais à un paquebot de croisière, un sauvetage de luxe. Il imaginait alors un sous-marin. Et Gaëlla, réveillée par les secousses, en rajoutait :

« Moi je veux un bateau avec une piscine, et avec de l'eau chaude, et avec la télévision, et puis... et puis je veux... d'abord j'ai rien pour m'habiller.

– Je t'achèterai un pantalon !

– Je veux pas un pantalon, je veux une jupe qui tourne ! »

Coquette, ma fille. Les jupes qui tournent et qui dansent, les chaussures, une petite star en herbe. Une vraie petite fille, finalement.

« Et puis je veux un chocolat chaud, très très très chaud... et puis une saucisse, mais froide, pas chaude, j'aime pas la saucisse chaude... et puis... »

Bernard rêve d'un steak énorme avec des frites. Moi de jus de fruits, des litres, une fontaine de fruits frais, qui coule somptueusement dans la gorge.

Parler de « bouffe », ça trompe la faim et le ventre. Il faut tricher avec son cerveau, lui raconter des histoires, le leurrer.

Comment tricher pour arriver à dormir ? L'eau revient dans le fond du radeau, et j'écope, j'essore. Bernard regonfle le boudin. Je voudrais le faire à sa place, car je vois bien qu'il s'épuise, mais il refuse avec véhémence. La seule autorité qui lui reste, le seul pouvoir d'homme, de chef.

« C'est à moi de le faire. »

J'ai si froid aux fesses, aux pieds. Je peux toujours rêver au soleil, à des chaussettes chaudes.

« Je voudrais fumer. »

Plus d'allumettes, il mâchonne une cigarette rescapée, serre le filtre entre ses dents, aspire une fumée inexistante, et je fais comme lui. Je mime.

« J'en ai marre, Louise. Je voudrais tellement que ça s'arrête. »

C'est la première fois qu'il prononce ce genre de phrase. Jusqu'ici, il a râlé, culpabilisé, ou fait des projets insensés, mais voilà qu'il lâche l'amarre. Je viens de le sentir comme un avis de départ.

« Arrête, tais-toi. »

Il m'a fait peur. Mentalement peur. Je ne veux

pas me laisser entraîner dans ce défaitisme. Pour occuper l'esprit, je fais des commentaires sur notre équipement de base.

« Ton sac n'est même pas étanche, tu trimbales des papiers, de l'argent dans un étui en cuir, c'est con ! »

Nous avons perdu son ciré. Un ciré doublé, chaud et précieux. Il était sur le toit du radeau, à sécher. Tous nos efforts pour le récupérer en pagayant n'ont servi à rien. Bernard est furieux. Le sort s'acharne. J'ai rêvé de pinces à linge. Ça a l'air bête une pince à linge, et pourtant...

Un petit carnet jaune, minuscule, aux feuilles quadrillées et un Bic en plastique. Avec mon carnet d'adresses, c'est tout ce dont nous disposons pour que Gaëlla s'occupe à faire des dessins. Je ne sais plus qui a parlé de rédiger un message. J'écris en français, en anglais et en espagnol, une phrase du genre : « Nous sommes trois Français dont une enfant. Avons abandonné le *Jan Van Gent,* le 6 octobre, à environ quarante milles nautiques de La Corogne. Calculer notre dérive vers l'ouest. Sur un radeau. Sauvez-nous. »

Bernard ajoute un billet de cinquante francs et des pièces de monnaie dans la bouteille de rhum vide.

Gaëlla l'observe.

« Pourquoi tu mets des sous ?

– Pour que ça fasse du bruit, ma chérie, et le billet pour la récompense. »

Il rajoute une phrase sur le papier. Je ne sais pas quoi, je n'ai pas lu sur le moment. Probablement que la récompense serait plus impor-

J'ai rencontré Bernard
en Martinique.
Il convoyait des voiliers.
Moi, je rêvais de la mer
depuis l'enfance.
Treize ans ensemble,
sur tous les océans.
Depuis deux ans,
nous étions séparés.

Gaëlla, l'enfant voulu de mes trente ans,
est née en Californie, le 29 octobre 1988.
Moi, fille d'immigrés, je rêvais
d'une double nationalité, et de liberté,
pour ma fille.

Ma famille d'origine sicilienne :
mes parents et mon
grand-père que j'adorais.
Moi, entre mes frères
Michel et Paul.

Gaëlla a été conçue sur l'eau, à Hawaii. J'ai su tout de suite que ce serait une fille. Jusqu'à l'âge de deux ans et demi, elle sera un vrai bébé marin.

J'ai nourri Gaëlla au sein presque trois ans. J'avais beaucoup de lait, et l'eau n'était pas toujours pure là où nous accostions. Dans le radeau, je l'ai « nourrie » à nouveau à mon sein. D'amour.

Bernard adorait jouer avec Gaëlla et imitait Patrick Bruel pour la faire rire. La dernière image de tendresse reste gravée en moi. Il ne pouvait plus bouger. Elle a rampé vers lui pour lui donner un baiser en disant : « Je t'aime, mon papa. »

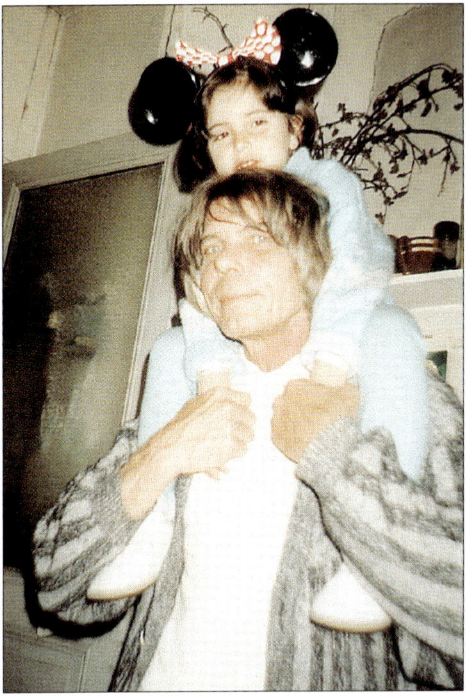

J'avais envie d'immigrer au Canada, et nous y sommes allées l'été 1994. Mais il fallait avoir un « vrai » travail en France avant de faire une demande. J'ai alors décidé d'aller à Rochefort car Gaëlla avait besoin de retrouver son père.

Château Frontenac à Québec.

À Rochefort, Gaëlla supportait mal d'être entre quatre murs
et, lorsque Bernard nous a proposé d'embarquer,
je n'ai pas hésité longtemps.
J'aurai simplement à jouer l'institutrice durant la croisière.

Avant le départ, Bernard contrôle la radio qui a fait faux bond
après que la lame a brisé les vitres de la timonerie.
Nous n'avons pas vu que le radeau ne contenait pas de vivres.
Nous n'aurons rien à manger, et juste quelques rations d'eau.

Gaëlla explore le voilier.
J'ai peur qu'elle tombe, mais
elle retrouve les bons réflexes.
Coquette, elle a emporté ses robes
et virevolte devant son père.

« Et la petite souris, comment elle va retrouver ma dent ? » Je rassure Gaëlla : elle sera chez mamie. C'est notre but. Passer son anniversaire, le 29 octobre prochain, chez mamie. Sans repères, épuisées par le manque de nourriture et d'eau, nous devons garder le contact avec la réalité.

Durant cinq heures, nous avons lutté. Pour rien. Le cargo n'a pas pu nous récupérer et Gaëlla a lâché prise. Je vais la mettre à l'eau et me suicider. J'allais défaire mon gilet au moment où j'ai vu l'hélicoptère. À l'homme qui est venu me chercher, j'ai dit : « Je n'ai plus de fille. »

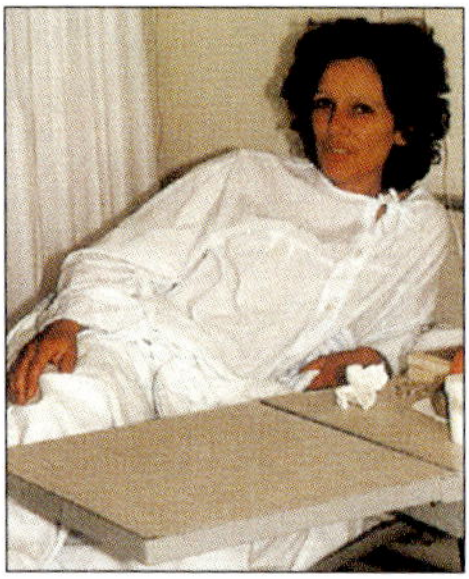

À l'hôpital, je supplie pour avoir à manger. « Votre estomac ne le supportera pas », dit le médecin. Une infirmière s'apitoie puis paraît choquée du plaisir que j'ai à me nourrir. Voilà, j'ai choisi de vivre.

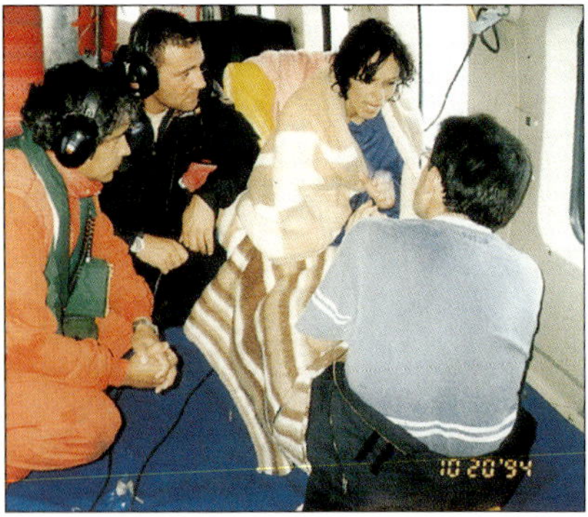

Dans l'hélicoptère, les hommes me réchauffaient. J'étais gelée. « Qu'est-ce qui s'est passé ? » Je bredouille : « Bernard, mort, je ne sais pas de quoi. Mis à la mer. Ma fille. » Silence. Je ne pouvais pas parler de ma fille.

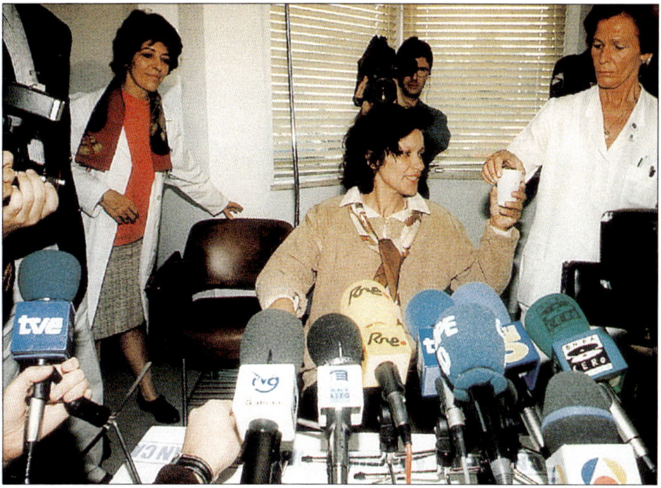

Dès le lendemain du sauvetage, les journalistes piaffent.
Ils m'accuseront de ce sourire que j'ai voulu offrir à ma mère
face à leurs objectifs. C'est à elle que je voulais parler
de Gaëlla, de sa disparition.
« Le lendemain, ont-ils osé écrire, elle était souriante. »

Marie venait voir sa mère qui partageait ma chambre d'hôpital.
Elle m'a offert son amour et redonné confiance. Avec sa fille Eva
et son mari José, ils m'ont accueillie trois semaines après ma sortie.
Ils sont aujourd'hui la famille que j'ai choisie.

Marie et José m'ont accompagnée car je ne pouvais pas lancer seule ce bouquet. Je ne voulais pas d'une tombe à visiter. L'image de Gaëlla reste vivante, son sourire ne me fait pas peur. Elle dort dans la mer.

(Sauf mention contraire, les clichés sont d'origine privée.)

tante que le billet de cinquante francs. Je le regarde mettre la bouteille à la mer. Calme plat ce matin. Elle s'éloigne lentement, en dansant légèrement du goulot. Je suis contente. C'est un geste positif, même s'il est fragile. J'imagine un pêcheur, ou quelqu'un sur une plage, des mains ramassant la bouteille de verre. Puis j'imagine aussitôt la bouteille en pleine mer broyée par l'hélice d'un bateau. Ou fracassée sur un rocher de la côte. Elle n'arrivera nulle part. Nulle part, jamais, une bouteille à la mer. Bernard traduit ma pensée, d'une voix découragée.

« Elle va se briser en mille morceaux. »

Il se recouche et ferme les yeux, pour dormir. Ou faire semblant. Je cherche quelque chose à faire, pour oublier les boutons qui me démangent, les gargouillis de mon ventre, les tiraillements, les crampes. Mon carnet d'adresses est maintenant tellement trempé que le papier est en bouillie. Je m'en débarrasse. Une bande Velpeau me sert de calendrier. J'écris les jours, les dates. Dans vingt jours Gaëlla aura six ans. Dans vingt jours, nous serons chez ma mère, en France, dans la maison de famille, pour une fête. J'en suis sûre.

Résister. D'autres ont résisté bien plus longtemps. Je pense aux camps de la mort, à tous ces gens dont on voit défiler les corps décharnés, les visages presque morts, sur les images d'archives. Ils ont tenu, eux, dans des conditions bien plus terribles, horribles.

« Quel jour sommes-nous, Gaëlla ?
– Tu l'as déjà dit, maman.
– Ça ne fait rien, répète-le.

– Dimanche.

– Le combien ?

– Le 9 octobre. Pourquoi tu me fais répéter tout le temps ?

– Je compte les jours avant ton anniversaire. »

Je ne peux pas dire à mon petit bout qu'il faut compter les jours pour ne pas perdre la tête, pour rester lucide, se donner des repères. Nous parlons de l'anniversaire, une fois de plus. L'objectif de survie. La certitude d'être vivants dans vingt jours. Ça ne peut pas être autrement. J'ignore comment, c'est tout, mais nous serons quelque part du côté de Saint-Étienne pour l'anniversaire de ma fille. Elle sautera au cou de sa grand-mère, l'abrutira de questions, de récits. Je l'entends déjà :

« Et alors... tu sais, mamie, et alors... maman elle a fait, et papa alors il a dit... »

Elle fera elle-même le récit de notre aventure, avec la vivacité des enfants de son âge, avec les mots qui se bousculent, les idées qui passent les unes sur les autres. Nous sommes restés quelque temps chez ma mère cette année, Gaëlla a fait connaissance avec mes racines, l'accent sicilien de Mamie, les plaisanteries de mes frères. Elle a remis ses petits pieds dans les traces de mon enfance. Maintenant elle sait d'où je viens. Que son grand-père est au ciel depuis longtemps, qu'elle a des cousins, que cette chambre était la mienne. Elle y a laissé des jouets. Une ancre dans un port.

Dehors il fait beau tout à coup. Le soleil. J'ouvre la bâche pour que Gaëlla aille s'asseoir sur le rebord du boudin, les fesses à l'air, et moi aussi. Sécher. Rendre à la peau son élasticité, soulager la démangeaison. Ce soleil est un signe d'espoir. Le destin a effacé la tempête, la visibilité est meilleure, on va nous voir, cette journée ne va pas s'écouler sans qu'un bateau ne passe. J'y crois dur comme fer. D'autant plus que, dans ce désert liquide, j'aperçois une masse qui flotte. Il y a quelque chose, enfin !

« Bernard, viens voir, regarde ! »

Il émerge de sa torpeur, et plisse les yeux dans la direction que j'indique.

« C'est bizarre. Peut-être une caisse abandonnée par un bateau. De la bouffe... on va pagayer pour essayer de l'attraper.

– Une caisse d'oranges. C'est peut-être une caisse d'oranges, tu sais, les gens les jettent souvent quand elles sont abîmées. »

Toujours mon rêve de fruits, de liquide sucré.

Les pagaies sont difficiles à manier en cadence sur un radeau comme le nôtre. Il va dans tous les sens, droite gauche, et re-droite, comme un mécanisme déréglé. Bernard est plus puissant que moi, son coup de pagaie nous tire trop fort dans un sens, et je n'arrive pas à rétablir. Il m'engueule.

« Garde le rythme, fais comme moi ! »

Il a l'air mieux. L'objectif lui a redonné des forces. Mais en approchant de l'amas bizarre qui dérive, tous nos espoirs s'évanouissent d'un coup. Je relâche mon effort, épuisée, furieuse. Un magma de charbon noir, grisâtre, en boule pâteuse, nous nargue. Mais un peu plus loin, des choses blanches, des cartons ou des emballages de plastique éventrés. Les pagaies reprennent leur cadence un peu ivre. Nous approchons. J'ai l'impression que des algues flottent à côté de cette épave. Des algues ou des épluchures, quelque chose à manger ?

Les détritus sont tellement immondes qu'ils nous donnent la nausée. Ça pue, et c'est innommable.

L'idée de mettre quelque chose de comestible dans ma bouche m'avait fait saliver. J'ai du mal à ravaler maintenant cette salive. La faim, ce serpent douloureux qui me tord l'estomac, est encore plus présente. Insupportable pendant plusieurs minutes.

« C'est quoi, maman ?

– Des ordures, rien.

– Quand est-ce qu'on aura à manger ? On peut pas attraper un poisson ? On le mangerait cru, comme t'as dit, à Tahiti les gens ils mangent du poisson cru, hein, maman ? »

Les lignes de pêche, dans le frigo du *JVG*, la montagne de conserves qui dérivent quelque part, et que j'avais si soigneusement listées. Il y a maintenant quatre jours. La dernière boîte de raviolis que j'ai rayée. Les œufs, les pommes que je tournais soigneusement. La rage. Bernard s'effondre.

« J'en ai marre, marre. On est maudits ou quoi ? On a la guigne ? Elle va nous poursuivre longtemps ? »

Il m'arrive de le penser. La guigne, le mauvais sort, le destin. Bernard devait partir seul, ou avec son fils aîné. Je suis arrivée, et c'est moi qui suis sur ce radeau. Dieu est un sale farceur. Moi aussi j'en ai marre. Mais pas question de le dire ou de le laisser voir. Si je m'effondre, Gaëlla s'effondre. Jamais. D'ailleurs, ce n'est pas dans ma nature.

« Tais-toi.

– Maman ? comment elle va faire la petite souris ? »

Ma fille me ressemble, elle discute, se raconte des histoires pour exister.

« J'ai perdu ma dent sur le bateau de papa. La petite souris, elle la trouvera jamais, j'aurai pas de cadeau.

– Je vais t'expliquer. Les petites souris sont très malignes. Où que tu sois, elle te trouvera, et elle t'apportera un cadeau. Elle arrivera chez mamie, en même temps que nous, elle verra que tu as perdu ta dent, et hop, elle mettra le cadeau sur l'oreiller. »

Gaëlla prend mon sein. Dès que je ne suis plus occupée à écoper, ou à essorer, à faire sécher, elle se réfugie sur moi, soulève le tee-shirt, et tète. Elle se nourrit de mon amour.

Nous dérivons beaucoup, et nous voilà tout à coup sous un coin de ciel où il a plu. Une bruine légère, fine comme une rosée, nous rafraîchit le visage. J'étale les infimes particules sur ma peau, il n'y a pas de quoi boire, mais la douceur apaise un peu mes lèvres. Nous passons la tête en dehors de l'habitacle pour tendre notre visage à cette humidité fragile. La pluie est plus loin, la vraie, celle qui mouille. Pas pour nous.

Gaëlla m'imite comme un petit singe. Bernard fulmine :

« Il pleut partout ailleurs, sauf là où on est !

– Fais comme moi, prie le ciel, les Indiens prient pour avoir de la pluie !

– Ben voyons ! Prie si tu as envie de prier ! Si tu crois qu'il y a quelqu'un là-haut qui t'écoute ! S'il y a quelqu'un, il veut notre peau, oui ! »

D'accord. Toi là-haut, si tu veux ma peau, je ne suis pas d'accord. Tu fais pleuvoir pour les autres, et pas pour moi. Bernard a raison. Prier, c'est admettre la cruauté du ciel. Supplier, demander la clémence, c'est faible. Je gueule une fois de plus ma colère :

« Salaud ! Espèce de salaud ! Je veux la terre, tu m'entends ? J'en ai marre de la mer, j'en veux plus ! Sadique, tortionnaire ! »

Je lui montre la croix autour de mon cou :

« Ça ne sert à rien ! À rien ! »

Ma fille me tire par la manche.

« À qui tu cries, maman ? C'est qui ?

– Le bon Dieu.

– Moi aussi je veux crier. À qui je peux crier ?

– Prends la Sainte Vierge, ma puce. Crie ! vas-y ! »

Gaëlla hurle sa prière favorite :

« Je veux une saucisse ! Une saucisse de Strasbourg froide ! Je veux un bateau ! avec une piscine ! » Puis elle se tourne vers son père : « Vas-y papa, à toi ! Crie ce que tu penses !

– Non. Moi je pense au bateau. On a retrouvé le bateau à La Corogne. »

Il est fou ? Il délire ?

« Comment tu sais ça, toi ? tu es devin ?

– La nuit je voyage. Je me dédouble. Je sais qu'on l'a retrouvé, je l'ai vu. Je sais ce qu'il faudra faire. Il faudra enlever le moteur, le faire sécher. En Espagne il y a de bons menuisiers. C'est pas grave, je recommencerai... on repartira.

– Pas question. Moi je reste en France, je ne veux plus monter sur un bateau de ma vie ! »

Plus envie de hurler. Je suppose qu'il faut expulser ce poison de temps en temps. Ouvrir une vanne. J'ai la gorge sèche de mes insultes. Un peu déprimée, je regagne l'intérieur de l'habitacle humide. Bernard marmonne toujours sa litanie.

« On va retrouver le bateau, j'en suis sûr. Je le sais. Je le sens. On va le retrouver.

– Bernard... on n'a plus d'eau. Comment on fait maintenant, hein ?

– On va nous secourir.

– J'ai besoin de savoir une chose. Est-ce que tu avais préparé un sac de nourriture ? »

Non. Il n'a rien préparé. Il a cherché la lampe qu'il n'a pas trouvée. L'argent qu'il n'a pas déniché. Je l'ai vu descendre plusieurs fois dans le carré pendant que je préparais Gaëlla. Il faisait froid, on était trempées, je cherchais les vêtements chauds et faciles à embarquer, les bottes. Il m'a dit : « Je m'en occupe. »

Ces trois mots résonnent encore à mes oreilles. Je ne comprends pas. Depuis le début je ne comprends pas. Si Gaëlla ne m'avait pas demandé du jus d'orange, si je n'avais pas eu le réflexe de prendre moi-même une bouteille d'eau douce, que se serait-il passé ?

Pourtant il ne s'est pas affolé. Pas de panique. De plus ce n'est pas le genre à oublier quelque chose d'important sur un bateau. Il n'avait qu'à soulever la bannette, et prendre le sac de vivres. Si seulement il m'avait répondu : « Occupe-toi de la bouffe. » Depuis que nous naviguons ensemble, nous avons des réflexes d'équipiers. Tu fais ça, je fais ça, tu as bien fait ça ? J'ai fait ça.

Ma faute, ma grande faute, c'est de ne pas avoir vérifié. J'aurais dû, avant d'embarquer sur le radeau, répéter ma question. Mais le pire, c'est que je l'ai vu ouvrir la bannette. Se pencher, prendre quelque chose. L'image est gravée dans ma tête. J'ai enregistré la chose : Il ouvre la bannette, il prend les sacs, il remplit le sac de vivres.

Il n'a pas vérifié le radeau de survie. Pourquoi n'y a-t-il pas de lignes de pêche dans un radeau de survie ? Pourquoi si peu d'eau, pourquoi... pourquoi... C'est comme une rage de dents dans ma tête. Nous sommes dimanche. Quatre jours d'angoisse, et rien à l'horizon.

« Qu'est-ce... qu'on fait... maintenant ? »

Ce n'est pas une question, c'est un reproche. J'ai scandé la phrase.

Par moments une idée folle me traverse l'esprit. Il a voulu mourir ? Il l'a fait exprès ? Je suis dingue.

Il prend la bouteille en plastique. Il a la diarrhée, je n'ai rien pour le soigner. Je tourne la tête pour ne pas le gêner, Gaëlla, sur mes genoux, tète, tire sur mon sein, j'ai mal.

Je suppose qu'il se débrouille pour laver la bouteille de plastique coupée qui sert de récipient pour les besoins naturels. Moi je ne m'en sers plus. C'est déjà assez compliqué de déshabiller Gaëlla, de soigner ses boutons.

« Maman, la poupée que j'avais, elle est restée sur le bateau ou elle est au Canada ? Ou elle est aux Antilles, ou chez mamie ? »

Raccourci des derniers mois de notre existence. La poupée est restée aux Antilles.

« On ira la chercher, ma puce.

– Et mon livre. J'ai même pas mon livre pour faire mes devoirs.

– On va dessiner des fleurs, sur le papier. »

Des marguerites, une maison avec une cheminée qui fume.

« Moi je veux une maison en fer, papa. Une maison qui bouge pas. Maman, est-ce qu'on pourra faire du camping ?

– Ah ! ça non, alors, le camping, c'est fini pour moi. Tout ce qui est en bâche ou en toile, je n'en veux plus. »

Bernard veut parler lui aussi. À voix basse pour ne pas se fatiguer. Il veut savoir si je vois les mêmes couleurs que lui, s'il n'a pas des visions. De l'orange ici, du vert là, du bleu. En tout cas j'ai vu une fumée. Impossible d'évaluer la distance, mais il y a un cargo, c'est certain. Bernard passe la tête, croyant que je divague, fouille la mer du regard. Nous nous taisons, jusqu'à l'apparition de la coque. Il avance, il est beige, on le voit suffisamment, beige et vert olive.

Immédiatement nous pensons à la fusée de détresse. Une fusée parachute. Bernard guette le bon moment, avant qu'il nous dépasse et que son château arrière l'empêche de nous voir. Elle part. On serre les dents, le cargo a l'air de s'arrêter. Il fait du surplace ?

C'est terrible ce moment-là. Terrible. On y croit tellement. Et en même temps on se dit que le type de quart a peut-être bu un coup, ou qu'il somnole, ou qu'il s'en fiche complètement. Il est peut-être en train de se dire : « Pas question de stopper et d'avoir des ennuis. » Il nous faudrait une deuxième fusée, mais les fumigènes ne fonctionnent pas.

Et le cargo s'éloigne.

Une silhouette chargée de nos désirs, d'espoirs, de rêves qui s'écroulent, qui disparaît inexorablement. Je l'insulte ce fantôme qui se moque de nous. Une fois de plus, je hurle :

« Espèce de con ! crétin ! connard ! enfoiré ! »

J'insulte Dieu.

« Tu ne fais pas ton boulot ! Tu laisses faire ! On est quoi : des pantins ? Des marionnettes ? Ça t'amuse ? »

Notre salut était si proche ! Hors de moi, j'arrache ma chaînette à laquelle est suspendue ma croix, et je jette ce cadeau de ma mère dans l'océan. Nous rentrons dans notre abri. Gaëlla se presse contre moi, me donne de tout petits baisers très doux, me chuchote à l'oreille :

« Ne pleure pas si tu m'aimes, ma petite maman. »

J'essuie mes larmes.

Le silence est orange et pue le caoutchouc de notre prison flottante. Il dure. La vie était tout près, si près... Tout revient d'un coup, la souffrance de la faim qui tord le ventre, la soif surtout. Tout le corps pourtant trempé d'humidité réclame de l'eau. Bernard s'allonge, ferme les yeux, d'épuisement, puis se relève.

« On va boire de l'eau de mer. »

Ce geste est important, terrible de conséquence. J'y ai pensé parfois au hasard des récits de naufrage, jamais sérieusement. Ce jour-là, je regarde l'eau grise, verte, lourde ; on en devine le sel, on le sent, on l'imagine arriver dans l'estomac.

Bernard semble choisir l'endroit. Il a pris le bouchon de plastique de la bouteille de rhum, et il cherche un endroit où puiser la gorgée. Je le regarde faire, angoissée et fascinée à la fois. Il ne dit rien, mais son bras hésitant semble dire : « Non pas là, ici peut-être ? Plutôt là... »

C'est bizarre. Il goûte enfin, je fixe sa pomme d'Adam qui roule péniblement, comme s'il avait du mal à avaler. Puis il dit avec une grimace :

« Ça passe. Vas-y toi. »

Il remplit le bouchon et me le tend. Je ferme les yeux, quelque chose en moi refuse d'abord la mixture, puis je me résigne. Gaëlla refuse d'un signe de tête dégoûté, puis se résigne aussi, en faisant la moue.

« Ça donne soif, ce truc, maman... »

Nous avons franchi le pas. C'est fait. Chacun de nous a avalé une gorgée d'eau de mer. Il n'y a plus qu'à continuer le travail habituel de la journée, éponger, écoper, tordre les vêtements.

Je perds une éponge. Je m'affole avec la pagaie pour tenter de la récupérer, peine perdue. J'en ai marre, marre. C'est triste, ce cargo disparu, cette éponge disparue. La poisse s'acharne sur nous. Quelqu'un nous a filé la poisse, jeté un sort, j'en suis sûre. Nous n'avons plus aucune prise sur les événements. Et voilà maintenant que l'ancre flottante s'est volatilisée. Quand ? Le canot s'est remis à tourner sur lui-même, on prend de l'eau.

J'en ai tellement marre. Tout est triste. Tout nous abandonne.

Bernard se change et lave son caleçon qu'il essore ensuite en claquant des dents. Plus rien n'est sec, à part mon tee-shirt. Je l'enlève pour le lui donner, et c'est à mon tour de claquer des dents. Ce tee-shirt est la seule chose au monde qui soit encore sèche.

« Ne fais pas ça. »

Il n'entend pas. Il parle d'un avion de recherche qui va nous trouver, il décrit la cabine de pilotage, le pilote.

« Il va nous voir, tu comprends, Louise, il n'est pas gêné par les ailes, c'est un avion spécial. »

Je pense qu'il ne sait plus ce qu'il dit. Mais je n'imagine pas à ce moment-là qu'il souffre plus que moi de la faim, de la soif et d'une blessure inconnue, invisible. Je m'en tiens à une sorte de logique rassurante. Il a cinquante ans, il n'a pas les mêmes ressources que moi. Il n'a pas mangé les trois premiers jours de la traversée, donc il est plus faible, il a plus froid.

Ce qui me préoccupe davantage, c'est l'eau de mer que nous embarquons sans arrêt. Peur qu'il n'y ait une autre fuite. Les vagues passent par le cône de récupération d'eau de pluie, j'ai mis le seau en dessous, mais ça gicle. J'écope, je soigne Gaëlla, je découpe son maillot aux coudes pour éviter les frottements, je passe une bande Velpeau entre ses jambes, nouée à la taille. J'étale la crème sur les boutons, en l'économisant. Bernard a des plaies aux jambes, je m'en occupe aussi. Doucement, la pommade sur la manche de mon sweat, en guise de tampon. Doucement... J'ai fait cela toute la journée. Une journée de merde, d'abandon. Ce cargo qui a fui, c'est la pire des sensations d'abandon. Je préférerais ne pas l'avoir vu, ne pas savoir qu'il est passé si près.

Quoi d'autre. Une bouée flottante improvisée avec l'écope, qui nous freine un peu dans cette valse incessante. Et puis la nuit.

« Louise. Il faudra que tu expliques à Gaëlla des tas de choses, ce que c'est... la mort.

– Pourquoi ? »

Ma fille a entendu mais ne comprend pas. La mort. Pourquoi la mort ?

« Ne dis pas ça ! Tu ne vas pas me laisser toute seule !

– Maman, qu'est-ce qu'il y a ?

– Rien, ma puce.

– Je suis fier de toi, ma fille. Tu sais, il ne faut pas m'en vouloir si je ne suis pas toujours avec toi.

– Mais t'es là, papa, je te vois, je suis contente. »

Elle rampe vers lui pour un baiser délicat, puis revient se pelotonner contre moi.

Qu'est-ce qu'il a ? Il abandonne ? Il lâche ? Il semble dormir, puis reparle d'un cargo qui va nous trouver.

« C'est mathématique... un cargo va passer... c'est mathématique... »

À nouveau les yeux clos, puis le délire. Il tire sa carte bleue de sa poche et me la tend :

« Tiens, Louise... va me faire des courses.

– Mais qu'est-ce que tu fais, Bernard ? tu m'entends ? qu'est-ce que tu dis ?

– J'en ai marre, va faire des courses, j'ai faim... Et merde, cette putain de bagnole !... pourquoi elle bouge comme ça ? je vais lui dire un mot à ce vendeur... »

Tout à coup il se met à hurler après un vendeur de voiture imaginaire :

« C'est impensable une voiture qui bouge comme ça ! »

Je me penche sur son visage, prends sa main pour le calmer. Il a maigri, sa barbe a poussé, déjà cet après-midi, dans la lumière grise, je l'ai trouvé blême. Il ouvre les yeux tout grands, le bleu a viré au vert glauque.

« Je vais porter plainte contre cette bagnole, Louise. »

Je ne sais pas quoi dire.

« Bon, je vais me lever pour faire un café. »

Il cherche à se dresser et à sortir comme s'il ouvrait une porte. Je comprends qu'il se croit sur le bateau dans la timonerie. Vite je contre-attaque, je lutte contre le délire.

« Attends, la porte est fermée pour le moment, tu ne peux pas sortir. J'ai mis des affaires, tu vas tomber.

– Mais si, je vais faire un café ! Je te dis que j'en ai marre ! Cette voiture qui bouge.

– Bernard, regarde-moi ! On n'est pas dans une voiture ! Tu m'entends ? »

Pas de réponse.

« Bernard ! On n'est pas sur le bateau non plus ! Tu ne peux pas faire de café !

– Pourquoi je peux pas faire de café ? Je suis libre de faire un café si je veux ! Je veux boire un truc chaud ! Et puis j'en ai marre. On va s'arrêter. On arrête la voiture !

– On n'est pas dans une voiture, Bernard !

– Tu conduis mal ! Regarde où tu vas ! À droite, à gauche, c'est n'importe quoi ! »

Il a attrapé un bout de la toile de l'ouverture, il s'y accroche. Le canot tangue, il va nous déstabiliser.

« Bernard, fais attention ! Tu vas nous faire basculer ! »

J'ai peur. La communication entre nous s'est coupée, il s'obstine sur cette voiture, perd l'équilibre, me reproche encore de conduire de travers, puis engueule le vendeur.

« D'accord, on arrangera ça demain, j'irai voir le vendeur, on en discutera. Je t'en prie, il faut qu'on dorme maintenant. Il le faut, calme-toi. »

C'est Gaëlla qui parvient à obtenir ce calme.

« Papa, arrête, je veux dormir moi ! »

Elle a prononcé les mots calmement, tranquillement, comme une mère qui parle à un gosse énervé. Et il a compris. Je ne sais pas comment, mais c'est un fait, il se tait, se recouche. Silence dans le noir.

Nuit de dimanche à lundi. Remous des vagues, danse incessante, sommeil, éveil, et soudain :

« Il pleut ! »

Je l'ai entendu sur le toit du radeau, il pleut doucement. Vite, je mets le seau en place, je guette.

Ça doit couler, l'eau de pluie doit passer, j'attends la première goutte en écarquillant les yeux à m'en faire mal aux paupières. La voilà, elle perle, superbe. Une autre...

La bouteille en verre est partie avec notre message. La bouteille de plastique découpée sert aux besoins. Il ne reste que le seau, mais je ne vais pas attendre qu'il se remplisse. Le bouchon de rhum bien appuyé sur la toile, je recueille une à une les merveilles. Gaëlla ouvre la bouche, boit... je bois... la quantité est infime, l'eau de pluie pue le caoutchouc, mais nous sommes comme folles devant cette eau-là. On peut refaire le monde avec de l'eau, on peut tout sauver avec de l'eau. La pluie est continue, je remplis la bouteille de jus d'orange.

« Bernard, on a de l'eau, Bernard ! tu vas boire ! »

Il ne répond pas, toujours allongé, immobile. Il ne s'est pas rendu compte, et pourtant nous avons fait du bruit toutes les deux, nous avons crié de joie. Je regarde sa bouche, ses yeux clos.

« Bernard ? »

Avec une compresse de bande Velpeau, j'humecte les lèvres closes, rétractées sur ce silence, cette absence de réaction ne m'inquiète toujours pas. Pas vraiment. L'espoir est là. Je vais faire entrer de l'eau dans sa bouche, dans son corps, et il va revivre, parler. Je tamponne son visage et le mien. Gaëlla fait comme moi. Dans le noir je surveille la pluie bienfaisante qui continue de remplir le seau, lentement. Un nouveau rituel s'installe. Trouver le meilleur angle d'écoulement, pour remplir le seau, tremper des compresses, et savourer gorgée après gorgée la douceur fétide qui nous vient du ciel.

L'aube me surprend à cette tâche incessante. Humecter, remplir le bouchon, verser dans la bouche de Bernard, faire boire Gaëlla, puis moi, et recommencer. Je soulève légèrement la tête de Bernard, dans la pâle lueur orange du jour qui se lève. Il entrouvre les yeux, il me voit. Alors je hurle :

« On a de l'eau ! On va pouvoir tenir ! »

Son regard est flou, mais il a compris puisqu'il a tout à coup un large sourire. Il est heureux.

C'est à ce moment-là que Bernard est mort. Je crois que je ne m'en suis pas rendu compte. Cette délivrance, ce visage rayonnant, si blanc, c'était la mort. Il portait son pantalon de jogging, le tee-shirt que je lui avais donné, son blouson vert assez épais. Sa tête reposait sur le boudin, ses pieds aussi, à l'autre extrémité du canot.

Je suis bloquée, tout à coup, cerveau, corps, pensée, gestes, plus rien. Il est mort. Qu'est-ce que je vais faire ? Mort pourquoi, d'abord ? Je ne comprends pas ce brusque arrêt sur la vie.

Cette nuit il parlait encore, il a dit à Gaëlla :

« Je t'aime, tu es la plus belle petite fille du monde. »

Il a dit aussi :

« Je suis foutu, explique-lui la mort, si je meurs, promets-moi de me faire incinérer. »

Incinérer dans ce désert de flotte. Qu'est-ce qu'on fait lorsque quelqu'un meurt ? Je ne sais pas.

D'abord je refuse.

« Papa dort, Gaëlla. »

Mentalement je refais le compte des jours passés. Hier, le 10, il parlait normalement, aujourd'hui le 11, il ne dit plus rien. Ça a l'air bête, mais je ne comprends pas d'où vient la différence entre la veille et aujourd'hui. Si je l'avais vu agoniser, si la mort m'avait prévenue, je ne serais peut-être pas aussi stupide devant ce corps qui prend la moitié de la place à lui tout seul, inerte, plus grand encore que vivant.

J'essaie de gonfler les boudins, ce n'est pas facile de manœuvrer au-dessus de lui. Il ne voulait pas que je le fasse, hier encore c'est lui qui a gonflé. Ce matin, c'est plus plat que d'habitude, la pluie peut-être. Il est mort, et je fais comme si je ne voulais pas le savoir. J'ai su, j'ai vu cette nuit, j'ai même eu peur qu'il ne s'étrangle avec l'eau, qu'il avale sa langue, alors je l'ai laissé tranquille après, je me suis consacrée entièrement à la récupération de la pluie. Je savais, je ne voulais pas voir. Je ne veux toujours pas. Le mot lui-même ne franchit pas la barrière du cerveau et celle de mes lèvres. Je pense, je dis : « C'est fini. » On a eu faim, on a eu soif, maintenant c'est la fin. Ça ne fait même pas mal. La fatalité ne fait pas mal.

Il a les yeux ouverts. Je pensais que les yeux se fermaient tout seuls à ce moment-là. Ce regard a l'air de regarder encore quelque chose.

La seule pensée qui me vienne clairement à l'esprit, c'est qu'il n'y a plus de solution à attendre de lui. Il n'est plus là, merde. Il m'a laissée tomber.

« Papa dort. Il va dormir très très longtemps. Ne t'inquiète pas. Un jour on se retrouvera tous quelque part ailleurs. Papa est parti, un jour ce sera maman, et puis à ton tour. Tout le monde part. »

Elle voit le visage de son père, ses yeux grands ouverts, je m'entends répéter qu'il dort, qu'il avait mal, qu'il n'aura plus mal. Quelqu'un d'autre parle à ma place. Je récite le *Notre Père qui êtes aux cieux... Que votre volonté soit faite...*

« Joins les mains, Gaëlla.

– Pourquoi on doit faire comme ça ?

– On doit faire une prière pour remercier le ciel de la pluie, pour accompagner Bernard. Il ne faut pas être tristes, il le verrait qu'on est tristes. Il ne faut pas qu'il se sente mal, tu comprends ? »

C'est idiot ce que je dis. C'est idiot ce que je pense. Bernard, tu vas nous aider maintenant que tu es là-haut. Tu vas dévier un cargo et nous l'envoyer. Fais-le pour ta fille.

Elle ne pleure pas. Elle est calme. C'est moi qui déjante en silence. Je me demande à quoi ressemble ce scénario. Si nous sommes vivants ou morts. Où nous sommes ? dans quel univers ? qu'est-ce que je suis censée faire ? quel est mon rôle dans l'histoire ? Si Gaëlla me posait des questions, ce serait peut-être plus facile.

Je récupère un blouson, le plie pour en faire un matelas. Je ne sais combien de fois je m'entends lui dire : « Papa dort. »

À un moment Gaëlla a prononcé une phrase qui m'a fait sursauter.

« Regarde, il bouge. »

Le corps suit les mouvements du canot. Il dort. Je ne sais pas comment passe cette journée. J'ai l'impression d'attendre qu'il se réveille. Je pense aussi à cette chose étrange qui a fait venir la pluie en même temps que sa mort. Délivrance. Pour lui qui ne souffre plus, pour nous qui nous abreuvons. Maintenant le cargo va venir. Il aura des funérailles décentes, une cérémonie. Maintenant nous sommes au bout de l'histoire. Il ne peut rien y avoir de pire.

Je pense même qu'il est mort pour nous délivrer. Voilà. On s'est aimés, on ne s'est plus aimés, il était là, il n'est plus là.

Les jours

Nous sommes arrivées au bout de l'horreur.

Gaëlla est recroquevillée sur moi, nous nous tenons le plus possible éloignées du corps. J'ai peur que le radeau ne se retourne et qu'il ne tombe sur nous. L'eau est glacée, l'air est glacé. Mon cerveau est incapable d'admettre ce qui nous arrive. Jusqu'ici les choses étaient relativement explicables : la tempête, la faim, la soif, la dérive, l'angoisse, mais la mort, non. Je n'ai encore jamais vu de mort. Je ne comprends rien.

Je gonfle les boudins en faisant des efforts surhumains pour ne pas tomber sur lui. Par moments je pose ma main, pour toucher, peut-être pour me rendre compte, comme si j'attendais qu'il se réveille. Ce grand sommeil définitif, ce silence de Bernard m'horrifie.

Nous ne cessions presque pas de parler. Il le fallait, pour occulter la peur, pour garder un cerveau fonctionnel. Toutes ces phrases que nous avons dites, les souvenirs évoqués, les reproches, les constats, sont partis avec lui. Je voudrais m'en souvenir, mot après mot, redérouler la vie, trouver l'erreur. J'ai raté une maille du tricot.

Les jours, le 11, ou le 12, je ne les compte plus, je ne raie plus sur le calendrier de bande Velpeau. Ce doit être cela un choc émotionnel. Si l'on me demande ce que j'ai ressenti, je reste assez incapable de le traduire autrement que par cette constatation : « Je n'ai rien compris. »

C'est le 13 que j'ai eu la frousse. Ses pieds étaient bleus, son corps mou au toucher. Soudain j'ai pensé qu'il allait se vider, et que ce serait terrible. La seule chose que je savais sur la mort, c'était cela. Un corps se vide après la mort.

J'ai voulu lui fermer les yeux, et je n'ai pas su. En mettant ma main sur ce regard, je croyais que les paupières allaient se fermer toutes seules, comme au cinéma. Le geste symbolique n'a rien donné. J'étais déconcertée. Il a fallu que je force. Les paupières s'abaissaient, puis remontaient. Comme si ce regard me narguait. Il ne pouvait plus rester là, je ne pouvais plus attendre. Soudain, un besoin terrible de nettoyer notre espace de vie s'est emparé de mon cerveau. Une idée fixe. Vivre sans ce corps.

Il fallait que je le mette à l'eau, et que j'explique à ma fille pourquoi. Je l'ai fait doucement.

« Gaëlla, il n'y a pas de cargo, personne pour nous aider, et quand un marin meurt, il faut le mettre à l'eau, c'est comme ça. C'est une question de sécurité. Alors je vais mettre papa à l'eau. Tu comprends ? Trois jours et deux nuits.

Je l'ai gardé le plus possible, maintenant il le faut.

– Si tu dois le faire, fais-le, maman.

– Si tu as une autre solution, une autre idée, dis-le-moi, Gaëlla. »

Comme si ma fille pouvait m'aider, m'encourager. Comme si elle était adulte. J'ai besoin de son approbation pour accomplir cette tâche. Je me stimule en silence. Tu vas le prendre et tu vas le basculer.

J'ai mis l'après-midi à y arriver. On ne prend pas un corps comme un sac, on ne le bascule pas comme ça, tout simplement, oh, non. D'abord il y a le recul, la terreur de toucher vraiment. Je devenais folle. Au travers des vêtements c'était encore possible, juste un geste rapide. Mais le prendre à bras-le-corps, je ne pouvais pas.

Le prendre par les chevilles était au-dessus de mes forces mentales. Il avait les chevilles nues, la peau me faisait peur. Alors j'ai tenté de prendre les mollets, pour que le tissu me préserve du contact effrayant.

« Gaëlla, ma puce, il faut que tu donnes des forces à maman, que tu lui donnes du courage.

– Je t'aime, maman, je t'aime très fort.

– Il faudra peut-être que tu m'aides à pousser.

– Oh ! non, maman, je peux pas... Je peux pas t'aider. »

Bouger les jambes, s'asseoir, souffler, respirer, regarder dehors, et recommencer. Il est d'un côté, moi de l'autre. Je prends mon élan pour attraper les jambes, tirer un peu et souffler encore. Garder l'équilibre, récupérer la stabilité à chaque mouvement. Je n'ai plus de force.

Mes bras refusent l'effort. Ça bouge sans arrêt, comment avoir une prise ? Je lutte contre tellement de choses à la fois, l'inertie, la peur, le roulis.

Je m'arrête en songeant que son poids équilibre le canot. Au moment où je vais le basculer, si j'y arrive, nous risquons de chavirer. Pourtant, je dois absolument le faire. Absolument.

Je recommence à tirer sur les jambes, sans résultat. Je parle à ma fille pour m'encourager.

« Comment je peux faire, Gaëlla ? À ton avis ? Comment ?

– Ben. Essaie autrement. Si t'arrives pas par les pieds, essaie autrement. »

Pauvre chou. Quelle saloperie de destin a décidé d'infliger à ma petite fille cette situation de cauchemar ! C'est son père qui est là, encombrant, effrayant, ce père qui l'aimait et qu'elle aimait. Elle dansait devant lui, elle riait, se jetait dans ses bras, et me voilà en train de lui demander comment faire pour nous en débarrasser. Cerveau béton, je deviens folle. Il faut agir, l'action est la seule sauvegarde contre cette folie qui me guette.

J'essaie encore de soulever le torse, ça ne marche pas non plus. Il se retrouve assis, c'est encore plus effrayant.

« Gaëlla, crie avec moi ! crie ! »

Elle crie faiblement « vas-y maman », et je crie pour qu'elle crie.

« Plus fort ! Encourage maman ! Crie plus fort ! Il faut qu'on y arrive aujourd'hui ! »

La lumière décline, je refuse de passer une

nuit de plus avec lui à bord. Je refuse. Gaëlla hurle :

« Vas-y, maman ! vas-y ! Je t'aime, tu vas y arriver.

– Pense à papa, Gaëlla. Pense à lui, ça lui fera du bien. »

C'est dingue ce dialogue décousu, cette frousse intense qui n'arrive pas à me donner la rage nécessaire. J'ai réussi à le faire pivoter et passer ses pieds par l'ouverture du canot. C'est déjà mieux mais je ne suis guère avancée pour autant. Il faut le basculer. Dans un sens ou dans l'autre. J'en suis au même point, finalement.

Je souffle un long moment, peut-être une demi-heure. Je lui parle, je lui demande de m'aider, lui qui est mort, de faire quelque chose, de me donner une idée. Et soudain, le déclic. La rage positive qui monte enfin, qui me fait prendre un blouson, le passer sous les reins de Bernard, noué par les manches et réussir à le soulever enfin. Une victoire.

Gaëlla crie toujours pour m'encourager. J'ai trouvé la manœuvre, en procédant ainsi, je ne touche pas le corps, le blouson me sert de prise. Jusqu'au moment où je comprends que je dois tout de même y aller de mes mains. Si je ne fais pas cela, je risque de basculer dans l'eau avec lui, et l'image de Gaëlla seule sur ce radeau me stimule. Je me vois en train de nager, elle de hurler, le radeau s'éloigner, nous séparer, nous perdre.

« Aide-moi, Bernard, merde ! »

J'en veux au monde entier. À Dieu, à la terre, au ciel, je maudis l'univers, jusqu'à ce qu'il tombe enfin à l'eau et que je recule, effrayée, les bras tendus en balancier, à bout de souffle. Je regarde le corps se retourner, il se remet sur le dos, comme s'il avait décidé d'être dans cette position pour toujours, les bras croisés sur le ventre.

« Gaëlla, tu veux regarder papa s'en aller ?

– Non. »

Il porte le ciré jaune, on le verra peut-être. Un cargo va le repérer, fera des cercles et viendra nous chercher.

Elle n'a rien voulu de son père, pas même la bague que je lui avais offerte. Pas même un vêtement.

Nous avons vagabondé tous les deux. La mer nous a fait nous rencontrer, elle nous sépare.

Je tremble d'épuisement. De froid. De soulagement. Gaëlla est dans son coin. Il faut que je la fasse marcher, bouger pour faire circuler le sang, que j'écope, que je gonfle, que j'essore. J'ai du travail à bord de cette saloperie de canot orange. J'ai mal aux fesses, des boutons partout, mon estomac est un enfer de crampes. Gaëlla, qui réclamait presque incessamment à manger, s'est un peu calmée depuis que Bernard est parti. Le leitmotiv est plus décalé dans le temps. Une litanie plus faible.

« Je veux manger, je veux un cargo. »

Si seulement je pouvais pêcher. Ce poisson hideux qui est apparu et nous suit obstinément depuis un moment, on le dévorerait bien tout cru. Si je pouvais faire un hameçon. Il y a bien cet anneau qui pend à un bout et sert à redresser le radeau s'il chavire, mais justement, si je trafique cet anneau et que nous basculons ? Ou alors le seau ? Attention, Louise, si tu tombes. Si seulement... si... Toujours des si, je n'ai plus de langage autre que des si.

Il m'énerve, ce poisson. Il est là depuis que j'ai mis Bernard à l'eau. Il gobe les résidus de tabac que j'éponge avec l'eau. Crétin de poisson, il est moche, il est gris, des yeux globuleux.

« Gaëlla, dis bonjour au poisson.

– Qu'est-ce qu'on fait maintenant, maman ?

– Je vais t'apprendre des trucs par cœur.

– Pour quoi faire ?

– Pour que tu puisses les répéter... vas-y, réponds, où habite mamie ?

– Près de l'école...

– Où est l'école ?

– Ben, à côté de chez mamie. »

Il faut que je trouve mieux, la logique enfantine me prend au dépourvu. Je vais commencer par le département, la ville, la rue, le numéro de la maison. Par moments, ça l'énerve, mais je tiens bon.

Le fond de caoutchouc frémit, je sens une présence.

« C'est quoi, maman ?

– Chut... »

C'est un requin, ou des requins. Il se frotte le dos, juste en dessous de nous. Il pourrait nous renverser d'un coup de reins.

« C'est quoi ? »

Je la fais taire de force. Sans prononcer le mot « requin » pour ne pas l'effrayer. Tous les sens en alerte, je suis le mouvement menaçant, en priant silencieusement. Ne nous laisse pas manger par les requins, mon Dieu, je t'en supplie... Silencieuses, serrées l'une contre l'autre. Dieu m'écoute, le frémissement nerveux, agressif, sous mes jambes, un dernier sursaut, puis plus rien. Parti. Mais pendant longtemps j'écoute de tout mon corps, Gaëlla allongée sur moi.

Maintenant je pense à la pluie trop forte, au toit du radeau qui ramollit, au fond qui s'imprègne davantage. Des paquets de mer passent au travers de l'ouverture. L'ancre flottante improvisée n'est plus là, déchiquetée par le requin. L'affreux poisson non plus. Il a dû nous suivre trois, quatre ou cinq jours. Nous devons être le... 15 octobre.

Nous étions le 15, mais à partir du 15 j'ai perdu la notion du temps. Une heure est aussi longue qu'un jour. J'ai fabriqué une poupée en bande Velpeau, dessiné les yeux et la bouche. Nous faisons la dînette pour tromper la faim. Il faut parler de la nourriture pour l'oublier. En parler jusqu'à l'écœurement.

Mon père avait un jardin potager, il cultivait des petits pois, des carottes, des salades, des tomates, des poireaux. Il avait aussi des poules et des canards, un cochon. Sa devise était : « Manger sain. » Il était paysan en Sicile avant d'être ouvrier en France, et ne connaissait vraiment que la terre, la sécurité. Ce qu'il avait cultivé, élevé, se trouvait dans un grand placard bourré de provisions qu'il suffisait d'ouvrir pour manger en cas de coup dur. Nous ne manquions jamais de rien. Il achetait un veau entier ou un mouton et le découpait pour le mettre au congélateur. Il confectionnait des saucisses, du boudin. Ma mère nous cuisinait des pâtes à toutes les sauces.

Je raconte la nourriture de mon enfance à Gaëlla. Nous faisons le menu. Des saucisses, du chocolat chaud, un bifteck avec des frites, des oranges, des raviolis à la sauce tomate.

« Dessine-moi une côtelette. »

Nous pouvons tenir longtemps, en buvant l'eau de pluie, je le sais. Je suis résistante aussi, peut-être plus que la moyenne. Mon origine paysanne sans doute. La terre dure de mes ancêtres siciliens.

« Maman, où elle va la lune ? Pourquoi on est petit ? Pourquoi on devient grand ? Pourquoi il y a des hommes et des femmes ? Maman, pourquoi on est enceinte devant et pas dans le dos ? »

Elle se mariera en robe blanche, pour avoir un bébé. Moi je prendrai un papa, pour faire une petite sœur, comme ça, elle pourra jouer à la poupée avec elle. Le mieux, ce serait un papa épicier ou boulanger, qui donnerait des gâteaux et des Kinder au chocolat.

« Tu sais, il ne faut pas choisir quelqu'un en fonction de ton intérêt. L'essentiel est de l'aimer.

– Pourquoi on aime les gens, maman ? Pourquoi on n'en aime pas d'autres ? »

Nous n'arrêtons pas de discuter des « pourquoi ». L'horizon est toujours vide. Ce matin, j'ai vu un oiseau très haut dans le ciel. La terre est peut-être proche. La terre pleine d'épiceries, de restaurants, de supermarchés, de boulangeries. Parler de nourriture, c'est négocier avec la faim. La biaiser. On sait que l'on a faim, la barre est là, mais il faut faire avec. Savoir que des êtres humains ont tenu quinze jours, trois semaines dans des conditions atroces, et que s'ils ont tenu, on peut tenir aussi. Boire pour caler le spasme. On sent l'estomac se rétrécir. Nous avons bu tellement d'eau que mon estomac est gonflé. Gaëlla a eu la diarrhée, j'ai eu peur, mais ça s'est arrêté.

« Maman, mon pipi il est tout clair. »

Petite victoire encore. L'eau de pluie nous a momentanément sauvées. Finalement nous n'avons bu que très peu d'eau de mer. J'ai fait le ménage en grand, un jour où il a beaucoup plu. Il y avait encore et toujours ces maudits brins de tabac brunâtre. Je veille à garder toujours la bouteille remplie, au cas où le seau basculerait.

Bernard dort sur l'eau quelque part. Je parle à la mer. Je lui dis qu'elle m'a fait tellement de mal que je la hais. Je pense à ma mère à moi. Sait-elle que nous avons disparu ? Si on a retrouvé l'épave du bateau, elle sait. Elle ne comprenait pas que je parte avec Bernard.

« Comment peux-tu t'en aller avec un homme dont tu as divorcé ? »

Elle ne l'aimait pas. Il m'avait entraînée dans une vie aventureuse, instable. Il m'avait fait du mal. Elle n'admettait pas que nous puissions être copains quand même. Une fois pour toutes, Bernard était pour elle le mauvais génie de sa fille unique. Lorsque je me retrouverai devant elle, il sera coupable de nous avoir entraînées, Gaëlla et moi, dans cette histoire terrible. Je serai coupable aussi de l'avoir suivi. Je m'en veux. Je lui en veux. Mais il est mort.

À quoi ça sert d'en vouloir à un mort ? Finalement je refuse ma culpabilité et la sienne. Le destin est coupable, ou Dieu, la mer, la terre qui nous abandonne, les bateaux qui ne croisent pas notre route.

« Maman, tu crois que le bon Dieu m'a punie parce que je finissais pas mon assiette ? Je la finirai toujours, maintenant. »

Elle est capricieuse pour la nourriture. Finir son assiette, c'était souvent notre petite bagarre quotidienne.

« Pourquoi il y a pas de bateau ? »

Elle ne hurle pas, ne pleure pas, c'est une petite voix plaintive qui réclame sans comprendre ce qui lui arrive. La faute à qui, mon Dieu, il est impossible que ce soit la mienne. Impossible. Je suis partie avec son père, pour elle justement, pour qu'ils soient ensemble, qu'ils s'aiment.

« On s'en sortira. Il faut être patiente, c'est tout. Lorsqu'on croit à une chose suffisamment fort, elle arrive. »

Le bateau qui viendra aura une belle piscine. On chante. Gaëlla adore Patrick Bruel. « Casser la voix. » Elle le chantait avec son père qui mimait le chanteur accroché à son micro et faisait le pitre. Par moments je me demandais qui était le plus gamin des deux. Il la prenait sur son dos pour faire le cheval, ils riaient comme des fous.

La dernière image de tendresse reste gravée dans ma mémoire. Il avait mal, ne pouvait pas bouger, elle a rampé vers lui pour lui donner un baiser en disant : « Je t'aime, mon papa. »

« Maman, tu es la plus belle des mamans... »

Elle caresse mon visage, elle a besoin d'être sur moi, de me toucher en permanence, ma protection, mon sein, c'est vital. Parfois je n'arrive plus à dormir.

À terre non plus elle ne me quitte pas. Souvent elle veut dormir avec moi, je devrais refuser mais je craque. Bernard disait souvent : « Tu en fais trop, elle est tout le temps dans tes jupes ou collée à toi. Il faut la rendre indépendante. »

Trop ? C'est quoi le trop ? Le simple fait de la regarder, de poser mes yeux sur elle, me donne la sensation de la protéger, de tout lui donner. Je la regarde comme ma mère m'a regardée, elle me regarde comme j'ai regardé ma mère, le cordon n'est pas coupé entre nous trois, il est silencieux et indestructible. Il n'a pas besoin de mots pour exister. Prendre une main, embrasser, toucher, caresser, nous avons besoin de contacts physiques, de chaleur et de regards. C'est animal.

« Maman a combien de frères ? »

Elle énumère : Michel, Paul, Mario et Angelo. Mamie habite dans un pays qui s'appelle la France, dans un petit village qui s'appelle... le code postal... le numéro de téléphone... Un jour mamie m'a offert une petite chèvre.

« Je pourrais en avoir une ? Quand on retournera à terre, on vivra avec des animaux. On va aller chez mamie, elle sait tout faire, mamie, plein de cuisine.

– Lève-toi, Gaëlla, il faut que je regarde s'il y a un bateau.

– Non, je veux pas, maman... on est bien comme ça. »

Le petit trou est toujours là, entre le premier et le deuxième boudin il y a des fuites. Si la pluie enfonce le radeau, si la bâche perd son imperméabilité ? Si je pouvais faire des lignes de pêche avec les fermetures Éclair des blousons ?

Je ne peux plus mettre mes pieds dans mes bottes, tellement ils ont gonflé. Je dois me servir de celles de Bernard. Tout ce qui reste de lui.

« Nous allons faire cuire du riz. Il faut une casserole, de l'eau, du sel... Et si on faisait des crêpes ?

– Attention, Gaëlla, ta crêpe a sauté au plafond ! »

Aujourd'hui nous allons dans un supermarché pour y voler tout ce qu'on veut manger. On ne peut pas y entrer le jour, bien sûr, donc nous irons la nuit. Nous allons nous cacher dans le rayon des vêtements jusqu'à ce qu'il n'y ait plus personne, et ensuite, par quoi allons-nous commencer ?

« D'abord les yaourts, et les petits-suisses, et puis après les saucisses.

– Attends, ne va pas si vite, commence par le début. Tu ouvres le yaourt. »

Elle ouvre, mange, lèche la cuillère, s'arrose de jus de fruits.

La nourriture, la bouffe, les victuailles, une obsession.

Elle joue si bien à manger, je l'admire. À terre,

elle tapait du pied pour faire un caprice, ici elle supporte la situation mieux qu'un adulte.

« Tu veux un gâteau ?

– Ouais !

– On ne dit pas ouais, Gaëlla, on dit oui... »

Il ne se passe rien. Hier nous avons vu un arc-en-ciel, et Gaëlla a fait un vœu. Moi aussi. J'ai dit :

« Je voudrais que ça se termine. »

Et elle :

« Je voudrais une saucisse. »

Elle dort avec son ciré et sa capuche, moi j'ai opté pour un sac en plastique sur la tête. La transpiration, l'haleine maintiennent une petite chaleur à l'intérieur.

Toi, de là-haut, Bernard, tu ne fais pas grand-chose pour nous. Qu'est-ce que tu fabriques ? Tu ne me réponds pas. Je vais demander à ma grand-mère. Elle avait le don de guérir les gens, elle s'appelait Louise, comme moi.

« Écoute, grand-mère, il ne reste que deux solutions. Ou un cargo nous passe dessus sans nous voir, et c'est fini, on n'en parle plus, ou il passe à quatre ou cinq mètres, et il est obligé de nous voir. Alors, vas-y, fais quelque chose. »

J'ai parlé avec tous les gens que je connais, et même avec ceux que je ne connais pas. Jeannie Longo, par exemple, qui porte le même nom que moi. Une sportive extraordinaire. Je lui ai dit :

« On va leur montrer que les Longo sont coriaces. Longo, c'est costaud... »

Un slogan pour ma fille. Longo, c'est costaud...

Sur le tablier de la poupée de chiffon, je n'ai plus marqué les jours qui passent. Les nuits, les journées se sont noyées dans la même eau fétide, la même humidité pourrissante. J'ai appris à Gaëlla comment remplir la bouteille, comment regonfler les trois valves, écoper. Elle ne veut presque plus bouger. Je ne me rends pas vraiment compte de son épuisement. Il ne faut pas.

Survivre, tenir, faire marcher son cerveau, ne pas délirer. L'objectif est de tenir. Longo, c'est costaud.

Nous glissons depuis des jours fantômes, identiques, sur un océan plat. Mais la houle se réveille. Une longue houle. Au-dehors le ciel est toujours beau. Au nord-ouest, de légers filaments blancs annoncent le vent à venir.

Je gonfle les boudins au maximum, en m'époumonant. Un des points de gonflage est identique à l'embout du gonfleur. Maudit soit celui qui a conçu une stupidité pareille. S'il était là, cet imbécile...

Le radeau est tout de même solide, bien que fatigué. La nuit approche, je sens la modification du temps. Un coup de vent quelque part. Je prie pour qu'il n'arrive pas sur nous.

« Ça va, maman ?

– Ouais, ça va.

– On dit pas ouais, maman, on dit oui. »

Il faut dormir. La tête dans le plastique, Gaëlla emmitouflée dans son ciré, capuche rabattue. Il faut dormir, pour tenir. Rêver.

J'ai rêvé d'une ferme, avec un grand verger et des tas d'animaux. Je me suis vue au soleil en fermière écolo avec des chèvres, des fromages, des bouquets de fleurs, des paniers de fruits et de légumes. Gaëlla courait dans l'herbe. Il y avait des arbres, la terre. C'était solide sous mes pieds, J'étais debout. C'est ça la terre, ça ne bouge pas, et on s'y tient debout.

J'ai dormi. Gaëlla incrustée en moi. Le même sommeil de plomb.

C'était la dernière nuit. La dernière de ma fille. Je croyais avoir atteint le fond de l'horreur, subi une punition incompréhensible, mais nous étions vivantes, je ne perdais ni l'espoir, ni la force, ni la confiance en « quelque chose ». J'avais récité autant de Notre Père qu'insulté les cieux. Inventé toutes les combines possibles, utilisé mon intelligence au maximum de ses capacités. J'avais réussi à ne pas paniquer. Bernard était mort. Je l'avais oublié par nécessité vitale. J'avais fait le ménage dans ma tête, le ménage dans le radeau. Mais la mer n'avait pas fini son ménage avec moi.

Le cargo est arrivé sur nous au matin, brutalement, en plein sommeil.

Un monstre.

La fin

D'abord je ne comprends pas ce qui nous arrive, le radeau s'est retourné, il a fait un tour complet, et je vois sous mes yeux, à quatre ou cinq mètres, une coque couleur brique. Un mur de métal avec des boulons énormes. J'agite les bras, en criant comme une folle :

« On a gagné ! Gaëlla ! On a gagné, regarde ! »

Il vire, la coque passe près de nous, il va se mettre en position pour nous récupérer. Je pense aussitôt à l'échelle de corde qu'il va falloir grimper. Je retire mes bottes, pour être plus à l'aise.

Gaëlla va assez bien. Elle fait même une réflexion façon chipie, qui m'étonne :

« C'est ça le bateau ? Je voulais un paquebot, moi ! »

La mer ondule assez fort, mais le ciel est bleu, la visibilité excellente. Il s'appelle *Petrowski*.

Je me demande en quelle langue je vais pouvoir parler. Espagnol, français, ou anglais ? Il court sur son erre, poursuit sa lancée, je sais qu'il lui faut un certain temps pour virer de bord, je ne m'inquiète absolument pas. C'est fini, fini, le cauchemar est fini.

Maintenant il revient en avance lente, je suis à bâbord, j'entends le halètement sourd des machines, je l'avais vu grand, surprise par la proximité de la coque, mais il est assez petit.

J'aide Gaëlla à ôter ses bottes, nous enfilons nos gilets de sauvetage, et je lui explique que nous allons sûrement devoir grimper séparément.

« Ils vont mettre une échelle de corde, on t'aidera, n'aie pas peur. »

C'est long. Le cargo repasse devant le radeau, d'un peu plus loin pour que sa vague d'étrave ne nous fasse pas basculer. Au premier coup, nous avons eu de la chance. Le cou tendu par l'ouverture, j'aperçois un marin sur le pont qui balance une bouée. Juste une bouée, sans amarre, pour quoi faire ? C'est idiot. Je grogne :

« Quel con ! »

Mais j'attrape quand même cette bouée qui ne me sert à rien. La houle commence à forcir, le *Petrowski* a stoppé les machines et se rapproche. Je ne parviens pas à identifier son pavillon. Alors je crie dans le désordre :

« Amarre ! Corde ! *Rope ! Ligna !* »

Je m'agite sans cesse. Bernard disait : « Si tu vois un cargo, montre que tu es vivante. » Je balance les bras, je crie, je rentre la tête pour parler à ma fille, je la ressors comme un diable de sa boîte, j'espère le filin, l'échelle de corde, j'ai hâte d'accrocher Gaëlla à quelque chose, de l'arracher au radeau, je la vois déjà en haut sur le pont, je me vois grimper derrière elle.

Je ne comprends pas ce qu'ils font. Un matelot en combinaison de plongée est en train de descendre au bout d'un filin, à toute vitesse, et se jette à l'eau presque sous mon nez. Je n'ai pas vu qu'il a lâché le filin. En l'aidant à grimper sur le radeau, je prie le ciel pour que la mer ne nous jette pas sur la coque métallique. Il grimpe avec difficulté, et commence à parler anglais avec un accent terrible. Il pose sa main sur ma tête, comme pour me rassurer.

« J'ai gagné ! »

Il n'a pas l'air de comprendre.

« J'ai gagné, l'anniversaire, le *birthday, it will be the 29 october...* on est le 22 aujourd'hui, j'ai gagné. »

Le pauvre type ne comprend pas que j'ai fait une fixation sur l'anniversaire de Gaëlla. Je m'étais promis que nous le passerions chez ma mère. Le 29 octobre tout serait fini. Alors j'ai gagné, évidemment, mais qu'est-ce qu'il en sait, lui ? Il me regarde avec des yeux ronds, en tapotant ma tête.

« *It is 20 of October...*

– On ira chez mamie, j'ai gagné ! »

Le 20 octobre ? Il me manque deux jours dans la tête. Je regarde notre sauveteur, avec impatience, énervée. J'explique en un anglais approximatif que j'ai perdu mon mari, que nous sommes françaises, le nom du bateau. Et lui de répéter que tout va bien se passer, que je vais pouvoir me reposer.

Il est relativement jeune, trente ou quarante

ans, mince, costaud, et assez grand. Il est si gentil avec Gaëlla, qu'il a découverte avec surprise. On devait me croire seule. Il dit qu'il est russe, on se comprend assez mal.

« Gaëlla, mets tes bottes, je ne veux pas que tu t'écorches les pieds quand tu vas grimper. » Je dois les lui enfiler moi-même, et écoper, mais elle les enlève.

« Gaëlla, aide maman. »

Elle refuse. Pourtant elle est heureuse, à ce moment-là. Elle a un sourire.

Le radeau brusquement chargé du poids du matelot prend l'eau à nouveau, il écope, hurle des mots que je ne comprends pas en direction du pont. Il y a bien une échelle sur la coque, mais elle est fixe, et à mi-hauteur, impossible de l'atteindre. La houle nous a fait valdinguer, nous pagayons pour nous rapprocher, on lui lance un filin qu'il réussit à attraper, mais il bataille pour tenter de nous amarrer sans y réussir et le lâche. Entre le mouvement du cargo et la houle, c'est impossible. Je vois bien que ça ne va pas se passer aussi facilement que je l'ai d'abord pensé. Lorsque cet homme a glissé si aisément de son filin, j'imaginais que tout serait simple pour nous. Ce n'est pas du tout le cas. Il répète : « On va y arriver », mais chaque manœuvre du cargo est d'une lenteur affolante, et dès qu'il se rapproche de nous il est contraint de couper son hélice. Enfin j'attrape une amarre, avec un gros nœud au bout. Je suis tellement heureuse d'avoir réussi que je mets quelques secondes avant de comprendre que si je ne la lâche pas, elle va m'arracher le bras. Le cargo reprend sa manœuvre, le temps passe, c'est long, long, et la mer se creuse, c'est dangereux. Je m'énerve.

À plusieurs reprises, je réussis l'exploit d'accrocher l'amarre et la relâche aussitôt. La mer est trop grosse, la manœuvre n'est pas possible de cette façon. J'attendais une corde avec un harnais, que ce type attache Gaëlla et qu'on la hisse.

Il faudrait qu'il dégaze pour stabiliser un peu la mer. Pourquoi est-ce que ce commandant n'y pense pas ? Je lui hurle de le faire, mais personne ne me comprend là-haut. Alors je pense à une grue. Un cargo possède une grue de chargement. Je dis à mon sauveteur :

« *The crane... use the crane...*

– *No. It's okay... no problem...* »

À un moment je crois que je l'ai engueulé en français :

« Prends la pagaie, merde ! »

Le pauvre type se démène pourtant. Quand il est arrivé, je me suis sentie prise en charge, il y avait quelqu'un de vivant, un homme solide, il allait tout arranger. Mais cette saleté de mer ne veut pas, elle ne veut pas.

« Salope ! Tu ne peux pas t'arrêter un peu ? Juste un peu, un tout petit peu. »

Maintenant j'ai peur. Ces gens ne savent pas vraiment comment s'y prendre. Il doit bien y avoir une technique de sauvetage. Puisqu'ils ne peuvent pas mettre une baleinière à la mer, ils devraient penser à hisser quelqu'un avec leur grue. Je n'arrête pas de hurler le poing levé vers l'équipage.

Je ne comprends plus à quoi ils jouent. Des silhouettes emmitouflées nous observent là-haut sans pouvoir rien faire. C'est terrible de voir la vie si proche, et de ne pas pouvoir l'atteindre. Tout à coup, le radeau se rapproche dangereusement de la coque, à la toucher, le cargo oscille et nous écrase presque ; j'ai juste le temps de mettre les mains sur la tête de Gaëlla pour l'obliger à se baisser rapidement.

Le radeau a frotté la coque métallisée, couverte de coquillages et plantée de gros boulons. Pourvu qu'il ne se soit pas déchiré. Pas maintenant ! Il faut qu'il tienne encore. L'ouverture est face aux vagues qui roulent le long de cette coque. Brusquement je hurle :

« Attention ! »

C'est inutile et trop tard. Le radeau se renverse. D'habitude il se remet facilement à l'endroit, mais pour la première fois, il reste à l'envers. Nous voilà assis sur le toit, les pieds dans l'eau. Je maintiens Gaëlla qui se cramponne à moi, ses petites jambes cherchant un point d'appui sur les miennes. Ce n'est pas facile car mes pieds s'enfoncent sur l'arceau qui sert à soulever le toit comme une guitoune. L'eau à hauteur de la poitrine, je dois me maintenir en équilibre comme un flotteur.

Le marin réussit à sortir de cette bulle à l'envers. L'eau n'est pas tellement froide, je m'attendais à pire.

Nous nous cramponnons ainsi toutes les deux aux sangles. Il reste peu d'espace pour respirer, entre la surface de l'eau et la toile. Il faut mettre la tête de côté pour avoir de l'air. Gaëlla ne dit rien. C'est moi qui gueule.

J'entends des raclements au-dessus de nous. J'espère que le marin va retourner le radeau en vitesse, mais non, au lieu de cela il monte dessus ! On essaie de discuter à travers la toile. Je voudrais qu'il descende de là, il a une combinaison de plongée, il peut tenir, nager, pas nous.

Je veux qu'il m'aide à remettre le radeau à l'endroit, mais il refuse, il me répète que tout va bien se passer et que je ne m'inquiète pas !

Je ne sais plus ce qui se passe à l'extérieur, maintenant. Bien obligée de lui faire confiance. Mais Gaëlla a du mal à rester ainsi en équilibre, elle ne pourra pas tenir comme ça longtemps. Je m'aperçois aussi que nous avons tout perdu en chavirant, je n'ai plus rien pour écoper si ce type arrive à nous remettre à l'endroit.

Le temps passe. Le dialogue continue, haché, surréaliste. En anglais ou en espagnol, je me sers de tous les mots qui me viennent à l'esprit. Puis d'un coup le silence. Il ne répond pas. Je demande :

« Vous êtes là ? Il y a quelqu'un ? »

Horreur, il n'est plus là, le fond du radeau au-dessus de ma tête est souple. Il a lâché. Il est parti.

« Gaëlla, écoute maman, on va faire comme à EuroDisney, tu te rappelles ? Maman va retourner le radeau... Tiens-toi fort... »

Je n'ai pas de réponse, mais je réussis la manœuvre sans problème. Mon ciré a disparu, les bottes, la bouteille, je n'ai plus que ma banane autour du cou, mon gilet, et plus rien dans les mains pour écoper, alors que nous prenons l'eau.

Furieuse, au bord de la crise de nerfs, je gueule après le cargo. Pas question de le laisser filer celui-là, j'irai au bout de mes forces mais je ne le lâcherai pas ! Il s'éloigne, puis revient, s'éloigne à nouveau, je ne comprends toujours pas ce qu'il fait. Je pense à cette histoire de cargo grec qui a jeté des immigrés clandestins à la mer. Qui est-il celui-là ? Un sauveur ou un assassin ?

Il s'est rendu compte qu'il n'arriverait pas à nous récupérer et il préfère filer en nous laissant là ? Il se dit : « Qu'elles crèvent, personne ne saura jamais... »

J'engueule le bon Dieu, j'engueule Bernard. Je le traite de crétin.

« T'es peinard, toi, là-haut. Tu ne risques plus rien. Tu ne peux pas nous aider un peu ? »

Gaëlla est toujours silencieuse. Elle est à bout de forces, ce séjour dans l'eau, agrippée aux sangles, en équilibre sur mes jambes, était vraiment de trop. Son visage tout pâle, ses yeux immenses sont un reproche épouvantable. Je parle, je parle, je la rassure, j'essaie de pagayer pour suivre le cargo, ça n'avance pas. Je soulève la bâche pour faire voile, je deviens folle, dingue. Impossible que ça ne marche pas, alors qu'il était si près ! Impossible !

Le radeau est à nouveau devant la coque, je vois les hommes sur le pont, j'ignore ce qu'ils font, mais ils s'activent sans s'occuper de moi apparemment. Je n'existe plus, ils s'en foutent ! Je hurle à m'étrangler :

« *Yo tengo una niña ! I got a baby !* J'ai un enfant ! Un enfant ! *Baby !* »

Cette masse énorme devant moi, la mer qui grossit et me chahute tout près de l'hélice. Est-ce que ça va finir ? J'insulte la mer, pour qu'elle se calme, mais elle s'en fout. J'insulte le cargo, et il s'en fout aussi, il part, il fiche le camp, ce salaud !

« Si tu me laisses tomber, si tu pars comme ça, sans rien faire, tu vas te souvenir de moi ! Je te jure ! »

Alors voici venir le moment le plus atroce de ma vie. J'ignore ce qui se passe à bord du cargo, personne ne m'a rien dit. Ils m'ont simplement abandonnée, sans un message, un espoir, et, en me retournant vers ma fille, je m'aperçois pour la première fois depuis que nous luttons, elle et moi sur ce radeau, qu'elle ne va plus.

Je n'ai plus de ciré, j'ai très froid, je dois trembler, mais la seule chose qui me rend ivre de colère, c'est que je n'ai rien pour la mettre à l'abri. Elle ne peut plus s'allonger au fond, il y a trop d'eau, elle est debout, toute petite, le corps raide, accrochée aux sangles, elle me tourne le dos. Ses mains sont crispées si fort pour ne pas tomber, que j'ai du mal à les desserrer. Je veux la prendre contre moi.

« Retourne-toi, ma poupée... viens vers maman... »

Ma fille est tétanisée. Les yeux grands ouverts, fixes, ses longs cils collés. On dirait qu'elle s'est bloquée tout entière dans cette position par un effort de volonté surhumain.

En tournant son visage vers moi, je vois de la

bave sur ses lèvres. Je la prends contre moi, elle ne réagit pas. Je l'appelle, la tête dans ses cheveux trempés, raides de sel.

« Gaëlla... c'est maman... ma puce... je vais t'asseoir, il faut que maman regarde où est le cargo. »

Le temps de me retourner vers l'ouverture, d'apercevoir cette saleté de bateau s'éloigner à l'horizon, disparaître dans la houle, le temps de rien. Quelques secondes. Ma petite fille s'est affaissée dans l'eau, allongée au fond du radeau, elle flotte, les yeux fixes, elle ne lutte plus. C'est fini. Comme Bernard. D'un coup, sans que j'aie vu arriver la mort.

Peut-être que je hurle, mais peut-être pas. Le choc est trop soudain, l'évidence trop violente. Il me semble que je pense à son père, que je lui en veux de me la prendre. Elle part avec lui. Je me vois la saisir à bras-le-corps, m'affoler, perdre les pédales. Pourquoi maintenant, comme ça, brusquement ?

Je ne sais pas quoi faire. Du bouche-à-bouche, mais je n'arrive pas à la réanimer. D'ailleurs, je sais qu'elle ne vit plus. Je le sais. Et je ne peux pas supporter ce visage dans l'eau, ce regard plein d'eau. C'est au-dessus de ma raison.

On m'a dit que le cargo nous avait repérées à 8 h 30, j'ignore à quelle heure il nous a quittées, c'était l'après-midi pour moi, en fait il était environ 13 heures. Nous avons dû lutter cinq ou six heures. Mais je ne me suis pas rendu compte.

J'ai tellement lutté, bagarré, que les heures n'ont aucun sens. Tout ce que je sais, c'est que la mer est vide, on nous a abandonnées, et Gaëlla est partie. C'est la fin de cette histoire de fous. La fin.

Je suis seule. Vivante devant elle, et je ne le supporte pas. Tous les visages que j'aime défilent dans ma tête. Ma mère, mes frères, j'ai lutté pour la leur ramener, j'ai lutté pour elle, à cause d'elle. Sans ma fille, je n'aurais peut-être pas tenu le coup, elle était mon trésor, ma vie. Je vais crever. Je vais me noyer dans cette flotte. Je me dis ça aussi simplement : « Je vais me suicider. »

Je vais mettre ma fille à l'eau, pour qu'elle rejoigne son père. Je ne peux pas rester là à la regarder flotter, son regard noyé me rend folle. J'ai supporté le corps de Bernard pendant trois jours. Celui de ma fille, c'est l'horreur, le désespoir à l'état pur. Je suis dépassée, ce n'est plus moi qui agis. Et pourtant chaque geste de ce moment-là est gravé dans mon cerveau.

Je vais défaire mon gilet de sauvetage et me suicider. Je vais couler tout simplement à pic. Un imbécile de journaliste m'a demandé plus tard : « Mais comment vouliez-vous vous y prendre pour vous suicider ? »

Ce n'est pas le genre de question qu'on se pose. D'ailleurs, on ne se pose plus de questions du tout. C'est une sorte de film, une succession d'images qui viennent à l'esprit. Les pieds en premier ou non ? Je me laisse glisser ? Je ne vais pas nager, je ne vais rien faire. L'eau va m'engourdir. L'eau de la vague, je la revois cette vague, elle passe dans ma tête. Mais cette fois, c'est moi qui décide. Je vais couler très logiquement, je me vois.

Je vais enlever mon gilet de sauvetage, parce qu'on ne peut pas couler avec un gilet. Ça, je l'ai pensé clairement. Pour le reste, j'allais sombrer à pic, et sans souffrance. C'était la seule chose à faire. Je parlais à Gaëlla aussi.

« Tu as été conçue sur l'eau, tu vas retourner dans l'eau. »

Et puis au cargo.

« On était bien toutes les deux, qu'est-ce que tu es venu faire là ? On aurait pu tenir encore, qu'est-ce que tu nous as fait, connard ? »

Je n'ai pas compris que le cargo s'était seulement éloigné parce que la mer était trop forte et qu'il craignait de m'écraser. Je n'ai pas pensé une seconde qu'il appelait un hélicoptère. Je ne savais même pas à combien d'heures de la côte je me trouvais. Pas même non plus qu'il attendait que la houle se calme pour revenir. Rien.

Je devais mettre Gaëlla à l'eau, comme une cérémonie funèbre, et me suicider puisque ma vie était finie. Ma mère pourtant était présente dans ma tête. C'était la seule qui me retenait au bord du gouffre liquide. Je pensais qu'elle ne saurait jamais ce qui nous était arrivé. Un tout petit déclic positif en moi. J'ai pensé à elle, encore, en laissant Gaëlla à la mer. Je savais qu'elle ne comprendrait pas mon geste. Mais je le devais. Je voulais le faire, je l'ai fait, et en même temps, je me sentais coupable de me séparer de son corps. De ne pas pouvoir la supporter. D'avoir besoin de tout larguer, tout. Moi y compris. Tout le monde à la mer.

« C'est ce que tu veux, la mer. Je ne me bats plus. Il n'y a plus de raison de se battre, t'as gagné, gagné. »

J'étais déconnectée du monde vivant. J'ai accepté la réalité.

Je me voyais agir, je me croyais lucide. Et, à mon avis, je l'étais. Totalement lucide. Jamais je n'aurais supporté une tombe. La terre pouvait aller se faire voir.

J'étais partie si loin que la terre pouvait exploser. Pourtant j'étais en colère. C'est probablement cette colère qui a fait de moi l'unique survivante. C'est probablement cela qu'on ne m'a pas pardonné. Et tellement d'autres réactions de ma part.

Je suis un animal un peu indestructible. Comprenne qui peut.

J'allais défaire la boucle du gilet, quand une fusée rouge a jailli sur la droite. C'est le bruit qui m'a fait sursauter. Je suis restée là, mon geste en suspens, stupide, j'ai levé la tête pour comprendre et j'ai vu un avion. Un avion ! J'ai encore hurlé des insultes :

« Espèce de con ! Qu'est-ce que tu peux faire ? Tu ne peux pas amerrir ! »

En fait cet avion était en train de larguer un liquide fluorescent pour marquer la position du radeau.

Et l'hélicoptère arrive. Je le vois. C'est stupéfiant, cet hélico qui gronde. Qui tourne dans le ciel.

À cet instant-là, je bascule, mais du côté de la

vie. Je veux vivre. Je veux montrer que je suis vivante, que je suis là, que je bouge, que j'en ai marre, je hurle je ne sais quoi après lui. Il tourne trop longtemps, il se moque de moi à dix ou vingt mètres, qu'est-ce qu'il fout ? Il calculait ma dérive avec le vent, pour se positionner, mais je n'avais plus de logique de pensée. La colère ne me quittait pas. J'insultais, c'est tout.

Puis je comprends que quelqu'un descend le long d'un filin. Je vois une combinaison rouge, des bras qui tiennent quelque chose, du matériel. L'homme est bientôt à deux mètres, puis dans l'eau, il a du mal, il se débat un peu, puis j'arrive à prendre une main et à tirer en faisant contrepoids pour qu'il monte sur le radeau. Enfin il est là, il parle. Je ne comprends pas tout de suite ce qu'il demande en espagnol, finalement je réponds :

« Je n'ai plus de fille. »

Il n'insiste pas. Il a du matériel dans une boîte jaune, un paquet de cordages.

Cette fois la manœuvre est rapide. Il me fait comprendre qu'il faut aller très vite.

« On va remonter. »

Il passe une sangle, mime le mouvement que je devrai faire pour ne pas me coller trop à lui. Je comprends, j'obéis, j'en ai tellement marre. J'ai si froid.

Je ne sais pas combien de temps a duré l'hélitreuillage. J'étais fatiguée et je n'en pouvais plus. J'ai vu le liquide fluorescent, je n'ai pas eu le vertige, et en arrivant dans la carlingue j'ai failli m'assommer. Les hommes m'ont hissée à l'intérieur, et je me suis retrouvée allongée. Ils sont trois hommes : le pilote, le copilote et un sauveteur.

On m'a ôté mon gilet. Des mains ont enlevé les bandes Velpeau que j'avais entortillées autour de mes jambes. Froid. Marre de mes vêtements trempés. Le caleçon, la veste polaire, je n'ai même pas attendu qu'ils tournent la tête pour me déshabiller. Un homme m'a tendu une combinaison de travail. Puis ils m'ont mis une couverture sur le dos. On me réchauffait les pieds, les mains. J'étais vraiment gelée, je m'en rendais compte maintenant.

J'ai demandé qu'ils ferment la porte de l'hélico, je ne pouvais plus voir la mer.

Je me souviens de m'être retrouvée assise dans un fauteuil, les pieds sur les cuisses du copilote qui les frictionnait. Un autre s'occupait de mes mains. J'ai dit aussi :

« J'ai soif, je voudrais boire. »

Et le copilote a répondu qu'il n'y avait rien à boire à part un Coca. J'ai éclaté de rire. On m'a dit de boire doucement et j'ai obéi. Puis j'ai dit :

« J'ai faim. »

Ils n'avaient rien à manger, que des cacahuètes. Alors j'ai mangé les cacahuètes, ma main tremblait tellement que j'avais du mal à les mettre dans ma bouche. C'était salé, tellement salé. Et je râlais toute seule, en me disant : « Bon sang, mais je ne pourrais pas avoir autre chose que du salé ? »

On me demande combien nous étions dans le radeau, et ce qui s'est passé. Je bredouille les réponses. Bernard mort, je ne sais pas de quoi, mis à la mer... ma fille... silence. Je ne pouvais pas parler de ma fille.

Un des hommes comprend que je n'ai pas envie de raconter.

« J'ai perdu quelqu'un il y a trois semaines, je sais ce que vous ressentez... n'en parlons pas. Oubliez... »

Je n'allais pas leur décrire en détail l'horreur de la mort de Gaëlla et ma réaction. Je sentais déjà que personne ne comprendrait. Et puis quelle importance ? Je croyais qu'on allait me ficher la paix. J'étais à terre, donc la terre devait m'accueillir avec bonté, tendresse, me dorloter, me réchauffer, me nourrir, me laver à l'eau douce, et m'aimer. C'était la moindre des choses. Il faut être rescapé pour le comprendre. Avoir vécu une tragédie, avoir lutté contre la mort, encaissé celle des autres.

Mais ceux qui vous attendent à terre ne sont pas forcément accueillants. Le dernier survivant est coupable de survivre. C'est curieux, mais on dirait que la terre lui en veut d'être vivant.

Je pensais à ma mère, à nos premières paroles. C'est à elle que je voulais raconter. Tout dire. Ça ne regardait personne d'autre.

Erreur.

La terre

Sur le radeau je ne comptais que sur moi. J'étais seule au monde avec Gaëlla. Chaque geste était important : se lever, se rasseoir, scruter la mer, écoper, remplir la bouteille, faire boire Gaëlla, compter les gorgées, la soigner, la distraire, parler à n'en plus finir pour ne pas devenir dingue.

En arrivant à terre toutes mes forces se sont relâchées. Je me disais, c'est fini, aux autres de se débrouiller, enfin je n'ai plus rien à faire ni à décider.

L'hélicoptère s'est posé à La Corogne, en Espagne, sous l'averse.

Cette saleté d'eau douce qui tombe du ciel ne veut plus rien dire à présent. Je me fiche des nuages, et du reste. Une ambulance arrive avec un brancard.

« Je peux marcher, vous savez. »

Mais on m'allonge de force. Je vois des visages de curieux derrière les vitres. Le bruit du moteur, la sirène me font reprendre contact avec la réalité. C'est un peu humiliant d'être transportée ainsi, j'ai horreur de me montrer en état de faiblesse. En réalité, dans ma tête, je croyais pouvoir marcher mais mes jambes ne m'auraient pas portée.

La couverture remontée sur le nez, j'arrive aux urgences de l'hôpital. Une foule de gens circulent dans tous les sens, c'est affolant, réconfortant et épuisant. Personne ne m'écoute quand je dis :

« J'ai faim... je voudrais manger. J'ai soif... je voudrais boire... »

Au lieu de m'apporter la montagne de victuailles dont j'ai tellement rêvé pendant des jours, on me demande mon groupe sanguin, mon nom, ma date de naissance, l'adresse, la profession, on me dit de ne pas m'inquiéter, que je suis entre de bonnes mains, que tout va bien.

Ils me prennent pour une malade, on me parle comme si j'allais m'effondrer.

Je le sais que tout va bien. Je suis lucide, j'ai faim, soif, et envie d'une douche. Tellement envie ! Ils ne comprennent pas, me regardent comme si j'étais mourante. Après une prise de sang, je reprends espoir en me disant que les formalités sont finies et que l'on va enfin me donner quelque chose à manger.

Me voilà installée dans un lit inconfortable, rêche, la housse en plastique sous le drap craque et fait des plis, l'oreiller est inconsistant. Moi qui rêvais d'un grand lit douillet et somptueux, je contemple le plafond blanc, les yeux écarquillés, une perfusion dans le bras.

« Reposez-vous. »

Le médecin m'a examinée sous toutes les coutures, le blanc de l'œil, la langue, le pouls, les jambes, le cœur.

« J'ai faim...

– Restez tranquille. Il ne faut pas manger maintenant, votre estomac ne supporterait pas. »

J'ai mal aux fesses. L'humidité et le sel, la déshydratation, le froid, l'odeur de caoutchouc que je traîne sur la peau font que j'aurais besoin d'un bain chaud. Laver mon corps, comme celui d'un bébé, le masser, l'enduire, le sécher, le parfumer. Je voudrais changer d'odeur et de consistance, et surtout que l'on me donne à manger !

Le médecin est parti et je commence à supplier toutes les infirmières qui passent. Une biscotte, un chocolat chaud, un fruit. Rendez-moi la vie.

« Ce ne serait pas raisonnable. De toute façon la cuisine est fermée. »

J'enrage. Je ne suis pas malade ! Je crève de faim et de soif ! Ils ne comprennent donc pas ? Finalement une des infirmières se laisse attendrir et m'apporte en douce, comme si elle les avait volés, un chocolat chaud et une grappe de raisin.

Elle me surveille attentivement. La première gorgée est fabuleuse. Du chaud. Du sucré, ma langue n'en finit pas de retourner le liquide onctueux, de le promener dans la bouche, je retarde le moment d'avaler cette chose précieuse, mes mains tremblent d'émotion autour de la tasse comme si on venait de me donner l'eucharistie.

J'avale. Quand on n'a rien mangé depuis quinze jours, une éternité, avaler c'est miraculeux. Je voudrais parler, toucher quelqu'un, être sûre que je suis sur terre et que je ne rêve pas. J'ai avalé quelque chose ! Le cône de récupération d'eau de pluie dans le radeau puait le saumâtre, la flotte avait un goût immonde. Cette gorgée fabuleuse n'est pas descriptible.

Je m'accroche à la main de l'infirmière, un être humain se tient là, à côté de moi. Je voudrais pouvoir parler, raconter mon histoire à cette personne vivante. Parler est un besoin aussi violent que la faim et la soif. Elle se dégage avec difficulté. J'en pleurerais si je le pouvais, mais les larmes ne me sont pas familières.

Pourtant c'est ce qu'il faudrait faire. Pleurer, craquer, m'effondrer. D'abord pour mes nerfs, les soulager de la tension abominable qu'ils viennent de subir. Ensuite pour que les autres me comprennent. Ces premiers instants dans ma chambre d'hôpital à siroter le chocolat chaud, à sucer un grain de raisin, lentement mais avec une avidité terrible, cette angoisse de combler le silence, l'infirmière ne les comprend pas.

Pour elle je devrais être une loque incapable de manger, je devrais vomir ce chocolat. Hoqueter de souffrance, délirer. Au lieu de cela j'avale, je croque le raisin, je n'arrête pas de parler.

Elle me regarde, non pas comme une survivante, mais presque comme un monstre. Sur le moment je ne m'en rends pas compte, mais ma résistance physique naturelle va poser un problème de compréhension entre la terre entière et moi.

Il faudrait un accueil différent aux survivants d'une catastrophe. Maintenant je le sais. Un survivant n'est pas seulement un corps en plus ou moins bon état, que l'on pèse, ausculte, pose ici ou là, sans se préoccuper de son discours. Un survivant revient dans le monde des vivants avec tout son passé. Non seulement le passé de son vivant, mais le passé de sa presque mort.

On a envie de se projeter dans la vie, violemment. C'est une avidité que ressent le rescapé. En tout cas, je l'ai éprouvé ainsi. On est forcément différent d'un « patient » classique. On a envie de dire :

« C'est MOI ! Écoutez-moi, parlez-moi, je suis unique ! »

Comme si tout le monde savait qui est ce moi. J'ai besoin d'attention particulière. Je me fous de savoir que je suis en hypothermie, 32 degrés ce n'est qu'un nombre sans âme et le mot ne m'intéresse pas. Je grelotte, c'est plus simple, et je le sais déjà. Physiquement et moralement.

Une couverture chauffante d'accord, mais donnez-moi aussi des bras, des mains, un visage, un regard posé sur moi, une oreille pour m'écouter. Prenez-moi dans vos bras.

Au lieu de cela on me trimbale comme un paquet sur un chariot, et j'étouffe sous cette maudite couverture que je voudrais arracher.

« Restez tranquille, votre température est très basse. »

Rincez-moi à l'eau douce, s'il vous plaît. Du

savon, de la mousse comme s'il en pleuvait, des serviettes sèches et douces. Donnez-moi du sec, pas de l'étouffant !

La première nuit dans cet hôpital est un cauchemar. J'ai peur de mourir. Cette première nuit sur terre dans un lit chaud et sec, j'en ai tellement parlé avec Gaëlla, on l'a tellement rêvée à deux.

« La première nuit on dormira toutes les deux dans un bon lit avec plein d'oreillers et de coussins, on fera un gros câlin, et on dormira longtemps, très longtemps, toutes les deux. »

Elle n'est pas là. L'évidence fait si mal dans le noir de cette chambre où l'on m'a intimé l'ordre de dormir. Personne. Il y a bien cette femme dans le lit d'à côté, mais elle est âgée et parle l'espagnol, et de toute façon elle dort. Je ne peux pas dormir, moi, si je m'endors je vais mourir. Je suis seule, il n'y a plus que moi.

J'ai mis Gaëlla à la mer. Elle est partie dans tout ce liquide gris, et moi je suis là comme une imbécile, une coupable. J'ai mal aux yeux, les paupières me brûlent. J'ai si froid. Si peur.

J'ai voulu me lever tout à l'heure, pour être debout, c'est important d'être debout quand on a passé quinze jours accroupie, le dos voûté, les genoux coincés. C'est aussi important que de boire et de manger. Debout, c'est être vivant. Mes jambes ne me tiennent pas. Ma tête exige qu'elles fonctionnent et me soutiennent, mais elles refusent. Ça tremble sous moi, le vide en dessous.

Je suis condamnée à rester couchée. Je ne peux pas hurler comme sur le canot, on ne fait pas ça dans une chambre d'hôpital. On ne peut pas insulter Dieu puisqu'il vous a sauvée. On se tait puisqu'il n'y a personne, que les autres vivants ont disparu, leur devoir accompli. Je vais mourir.

Ma mère. Comment vont-ils lui annoncer la mort de Gaëlla ? Je ne veux pas qu'on lui parle avant moi. Je veux ma mère. Ce consul qui est venu prendre mes papiers a dit qu'un cargo, le *Soro,* avait repéré le *Jan Van Gent* à la dérive le 10 octobre. Deux jours plus tard, le voilier était récupéré.

Bernard me l'avait assuré, juste avant de mourir. « On a retrouvé le bateau, je le sais. » Et ce cargo-là, c'était ce bateau fantôme que Bernard avait aperçu.

Le consul a dit aussi qu'il allait prévenir ma famille que les recherches étaient finies. J'ai su tout à coup ce que cela voulait dire. Ma mère et mes frères étaient au courant de notre disparition. Ils nous ont forcément crus morts tous les trois lorsque le voilier a été retrouvé vide. Morts tous les trois. On va leur annoncer que je suis vivante. Ils vont se poser des questions. Comment est mort Bernard, bien sûr, mais surtout Gaëlla ? J'entends déjà la voix de ma mère :

« Où est Gaëlla ? Qu'as-tu fait de ma petite-fille ? »

Ma mère n'aimait pas Bernard. Ni mon mariage ni même mon divorce. Elle lui en voulait en bloc d'être ce qu'il était, selon elle, un aventurier instable. Déjà, lorsque je lui ai annoncé notre départ avec lui, elle a refusé de comprendre. Elle condamnait d'avance, et voilà que le destin lui donne raison. Il faut absolument que ce soit moi qui lui parle la première. Et je redoute cet affrontement. Lorsque le consul m'a demandé qui je voulais prévenir, j'ai répondu :

« Prévenez mon frère Paul. »

Pour reculer cet instant, prendre mon temps avant d'affronter la femme la plus importante de ma vie après Gaëlla. Ma fille, ma mère. Je n'ai plus ma fille, je vais devoir en rendre compte à ma mère. Lui dire pourquoi je ne l'ai pas ramenée avec moi.

Cette nuit est une nuit de cauchemar, à revoir Gaëlla danser, virevolter dans sa robe sur le pont en riant :

« Papa, regarde ! »

Le cauchemar de ce cargo russe qui nous tue au lieu de nous sauver. Ma fille est partie. Je suis sans elle. C'est injuste. Elle ne devait pas mourir. Elle devrait être là à réclamer du chocolat chaud et des saucisses, sa poupée Barbie et du chewing-gum. Elle avait maigri, mais je n'ai rien vu qui m'ait préparée à cette mort brutale. De quoi est morte ma fille ? d'épuisement ? de peur ? De cet espoir fantastique qui a tourné en catastrophe ?

Elle ne luttait plus. Elle ne voulait plus lutter ce dernier jour. Et pourtant je suis persuadée que si ce maudit cargo nous avait hissées à bord, elle aurait survécu. Mais les marins russes ont été courageux, ils ont tout fait ; c'est l'océan meurtrier qui lui a fait perdre le combat. Je sais qu'ils ont tous pleuré. C'est la mer que j'ai haïe, pas les hommes. Comment dire à ma mère ce regard noyé, cette eau sur son visage, mon incapacité à la garder, morte, dans mes bras ? Comment ? Mettre son enfant à la mer, ce n'est pas une cérémonie qu'elle peut comprendre.

Dans le fouillis des images qui envahissent mon insomnie, vague, radeau, cargo, je ne me suis pas rendu compte que j'ai sombré à l'aube dans un sommeil agité. Ma voisine de chambre me le dit gentiment au matin. J'ai dû faire des cauchemars et j'ai appelé ma fille sans arrêt. À mon réveil, le médecin et les infirmières recommencent leurs examens.

« Maman, je veux remettre mon tutu et mes collants. Je vais faire plein de danse, et comme ça j'arriverai à faire la roue. »

« Maman, je veux me marier.

– Avec qui, ma puce ?

– On verra avec qui, c'est pas grave. Je veux un bébé. Je veux une robe longue avec un voile de cinq mètres, une traîne avec des petites fleurs sur la tête, et un bouquet de fleurs à la main. J'adore les fleurs, maman, j'adore les coquillages, j'adore la musique, j'adore faire des tresses avec les cheveux, j'adore les robes avec des volants, et les chaussures blanches. J'adore les chaussettes avec de la dentelle. »

Elle adorait la vie.

« Mets-toi debout, Gaëlla, il faut que tu marches, maman doit gonfler les valves.

– Non, maman, reste encore un peu, je suis bien comme ça...

– Il faut guetter les bateaux.

– Je m'en fiche des bateaux... je veux pas bouger, j'ai mal au ventre. Maman, tu crois que je suis punie parce que je finissais pas mon assiette ? Est-ce que papa nous voit ? Est-ce qu'il va nous aider ? Il est où, papa ?

– Papa est dans les nuages, il dort. »

Je ne pouvais pas prononcer le mot « mort ». Je ne peux pas non plus dire « cadavre », « corps ». J'ai besoin de garder les noms des vivants. Bernard dort quelque part, papa dort quelque part.

« Tu peux pas lui dire qu'il téléphone à des messieurs et à des madames pour qu'ils viennent nous chercher ? »

Elle chantait *La mère Michel qui a perdu son chat*, et *Il court il court le furet*.

Les autres ont pensé qu'elle avait été emportée par une vague. Je ne pourrais dire la vérité qu'à ma mère, parce qu'elle l'exigera. La disparition de ma fille est une chose trop intime pour la donner aux gens, aux étrangers de ma vie.

Ma compagne de chambre reçoit la visite de sa fille. Hier, cette jeune femme m'a demandé gentiment en français ce qui me ferait plaisir. J'ai répondu des fleurs. Pour toucher la vie.

« Je m'appelle Marie. Si vous avez besoin d'autre chose, n'hésitez pas. Votre famille va venir ?

– Mon frère Paul et sa femme, Chantal.

– Il y a une meute de journalistes au-dehors. »

Les infirmières marmonnent contre ces intrus qui cherchent à faire des photos à travers les vitres. Il me faudrait des vêtements, une brosse à dents et du dentifrice. Je n'ai plus rien au monde. Hier c'était jeudi. 20 octobre.

Je suis restée six jours à l'hôpital. La curée a commencé dès le vendredi soir.

Paul et Chantal ne savaient pas quoi dire aux journalistes. Moi non plus. Le consul voulait que je reparte avec mon frère en voiture, toute cette histoire lui posait des problèmes. Il réclamait de l'argent pour tout, moi je ne demandais qu'une brosse à dents et qu'on me fiche la paix. J'ai dû supplier trois jours avant que Marie puisse m'apporter enfin de quoi retrouver une bouche propre. Le consul ne voyait les choses qu'à travers sa paperasserie. L'encombrement de l'hôpital par une rescapée qui coûtait cher.

« Il y aura une enquête, c'est normal. Je dois savoir dans quelles conditions votre mari a disparu. Et votre fille aussi. Le capitaine du cargo a fait un rapport, je dois confronter vos déclarations et les siennes. »

J'ai dû lui dire la vérité. Ce n'était pas une vague, c'est moi.

Il m'énervait, ce consul. Je voulais téléphoner à ma mère, lui parler, j'avais hâte de me délivrer de mon histoire. Mais le téléphone ne marchait pas, ou alors il fallait attendre je ne sais quoi. Son propre téléphone portable, disait-il, ne fonctionnait pas non plus.

J'imaginais peut-être qu'on allait m'apporter un téléphone dans mon lit ? Je me croyais au Ritz ? On n'appelle pas la France comme ça depuis une cabine d'hôpital espagnol...

Je n'ai eu ma mère que le mardi, le sixième jour. Entre-temps mon frère avait répété aux journalistes le minimum de l'histoire. La tempête, l'abandon du voilier, la mort de Bernard, la nécessité de mettre son corps à l'eau au bout de trois jours, la survie à deux, le cargo russe et Gaëlla emportée par une vague. Il avait répété la version officielle.

Mais le consul, lui, à qui j'avais bien été obligée de dire officieusement comment j'avais vécu ces dernières heures après le sauvetage raté, n'a rien trouvé de plus médiatique que de le répéter à un magazine espagnol de son choix, *El Mundo*. Il n'a pas hésité une minute à donner les photos d'identité de nos passeports. Il voulait se débarrasser non seulement de moi, mais des journalistes. L'hôpital était cerné, je troublais l'ordre, je ferais mieux d'aller à l'hôtel ou de repartir avec mon frère en voiture. Avec quoi ? Quel argent ? Dans quel état ? J'étais incapable de marcher plus de dix minutes, mais ma bonne mine disait le contraire.

Moi qui croyais naïvement que la terre m'attendait, qu'elle allait me prendre dans ses bras, me sourire. Elle me fait la gueule, elle suppose, soupçonne, et surtout parle fric. Il n'y a que cela qui intéresse la terre. Le fric pour le consul, le fric pour le remorquage du *Jan Van Gent*, le fric pour l'hélicoptère. Le fric des journalistes. Donnez aux chiens un os à ronger et ils feront le reste.

Il faut faire une conférence de presse. Le consul estime que c'est la meilleure solution pour que l'hôpital retrouve son calme. Ces gens en ont assez d'avoir dans leurs murs une dénommée Louise Longo, une Française, qui a mis son mari à la mer, perdu sa fille et que personne n'a encore interviewée. C'est un dû pour les journalistes. Il y a la télévision espagnole, la française, les représentants des agences de presse et des magazines.

On m'a installée sur une chaise roulante, comme une infirme, on m'a fait rouler jusqu'à ce rideau de caméras et d'appareils photographiques. Et à ce moment-là, j'ai pensé à ma mère. Sa première vision de moi vivante après toute cette angoisse, les journalistes allaient la répandre partout. Alors j'ai souri. Pour lui montrer que j'allais bien. Si nous avions été seules face à face, elle et moi, je lui aurais souri pareillement. Je ne pouvais pas comprendre à cette seconde-là que mon sourire allait gêner tout le monde. Que mon incapacité à leur dire : « J'ai mis ma fille à l'eau... » allait faire de moi une coupable.

On m'avait dit qu'il y aurait une enquête et que je devrais répondre aux questions d'un juge. Je m'attendais à le rencontrer. Il n'y avait pas de juge. Il y avait des journalistes qui voulaient de la copie. Des gens de télévision qui posaient toutes ces questions idiotes :

« Ça vous a fait quoi de mettre le corps de votre mari à l'eau ? Qu'avez-vous ressenti quand Gaëlla est morte ? Avez-vous souffert de la faim ? Pourquoi avez-vous quitté le voilier ? Pourquoi l'a-t-on retrouvé presque intact ? Vous n'avez pas l'air très atteinte physiquement. Vous êtes réellement restée quinze jours sans manger ? »

On ne répond pas à des questions de ce genre en une phrase, en quelques mots, en vitesse sous les flashes des appareils. Je ne suis pas une star habituée à contrôler mes réponses. Je n'ai presque rien dit. Et de ce rien ils ont fait ce qu'ils voulaient.

Le juge, je ne l'ai vu qu'après la conférence.

Un magazine français, sous la signature d'une femme charmante, titre au vitriol :

« Le lendemain elle était souriante. »

« Ils étaient trois, et aujourd'hui elle n'a plus de mari, plus de fille... et ce sourire qui trouble. Le choc et les antidépresseurs ? Sûrement. Mais, d'habitude, le veuvage a l'élégance de se porter plutôt sombre... et celui-là très franchement on ne sait pas quoi en faire [...] personne n'a envie de consoler une veuve hilare [...] »

Je suis entrée dans la catégorie des « veuves joyeuses ». On me compare à Betty Maxwell, la femme du grand patron de presse tombé à la « baille » pour ne jamais reparaître.

Je ne comprends pas. J'ai mal. Encore plus mal que ce soit une femme qui m'agresse ainsi, gratuitement. De quel piédestal ? Pourquoi faudrait-il justifier de sa souffrance selon les normes reconnues ? Pourquoi en quelques lignes se permet-on de juger toute ma vie sur un sourire de survivante ? Fallait-il que je dise d'abord aux photographes :

« Dites bien que Louise Longo est faite ainsi, qu'elle a besoin d'adresser un sourire à sa mère avant toute chose ? Dites bien en gros caractères que Louise Longo s'est toujours défendue contre l'adversité et le malheur, en remerciant le ciel d'être en vie ? Dites bien aussi que la souffrance ne se voit pas forcément sur un visage, que le délabrement du corps et de l'âme peut être intérieur, secret, non visible sur une pellicule photographique. Dites que je demande pardon à la terre entière d'être vivante. Excusez-moi de ne pas être morte, ou du moins devenue folle et donc à l'abri de vos interrogations stupides. »

Marie est devenue très vite une amie. Avec son mari José, et sa fille, Éva, je suis là, dans leur famille, l'une des leurs. Aujourd'hui c'est ma nouvelle famille. Celle que j'ai choisie. Elle m'a prise chez elle, soutenue, nourrie, écoutée, épargnée. J'y suis restée trois semaines, à marcher à petits pas. Elle a été, tout au long de ces jours, ma mère, mon amie, ma sœur. Elle m'a offert son temps et son amour, elle m'a redonné foi et confiance en moi. Sans pitié. Juste l'amour. La seule chose qui n'allait pas dans mon corps de survivante, c'était la marche. Je ne comprenais pas très bien pourquoi, sauf le fait d'être restée accroupie pendant quinze jours. On m'a expliqué ensuite les carences en fer, en magnésium, on m'a donné des pilules pour compenser, et peu à peu mes jambes ont pu avancer, me tenir debout plus de dix minutes.

J'étais à peine debout, chancelante, en convalescence en France dans ma famille, qu'une nouvelle accusation m'a fauchée de plein fouet. Marie me téléphone un jour d'Espagne :

« Les journaux accusent. Bernard n'avait pas payé ce bateau. Il y a une enquête en France, les journalistes disent que la police française te recherche. On dit que votre aventure n'est pas claire, que tu as peut-être assassiné ton mari et mis volontairement ta fille à la mer. Ils disent que personne ne sait où tu es !

« Ils ont écrit : *Un juge français à la recherche de l'unique survivante du* Jan Van Gent, *qui a disparu.* »

En somme, après avoir disparu en mer, j'aurais disparu sur terre ? Je serais en fuite ?

Toutes ces accusations ont paru en première page des informations maritimes des journaux de La Corogne. Le démenti que Marie m'aide à répandre dans les salles de rédaction, lui, ne fera pas la une. Le doute subsiste dans l'esprit de la presse, et donc du public. Les soupçons qui pèsent sur Louise Longo sont de caractère financier. Le voilier au bord duquel elle a embarqué, avec son mari et sa fille, n'aurait pas été payé.

Je me sens salie, humiliée. Je cherche à savoir d'où vient l'accusation, on me répond qu'il s'agit d'un journal du sud-ouest de la France. Je téléphone pendant une semaine sans obtenir quelqu'un capable de répondre à mes questions. Le mal est fait, mais tout le monde est en vacances d'hiver ! Je téléphone à la gendarmerie, même résultat. Enfin, le 1er janvier passé, un gendarme répond :

« Mais vous n'êtes pas recherchée ! Si vous

l'étiez, on vous aurait retrouvée depuis longtemps !

C'est ainsi que j'ai appris la vérité sur Bernard et le *Jan Van Gent*. Il n'avait pas payé le bateau. Il nous avait embarquées à bord, sa fille et moi, en le sachant. Et, en ma qualité d'unique survivante, je ne pouvais qu'être complice !

En mai 1995, j'ai subi un interrogatoire en règle. Je ne vivais plus avec Bernard depuis deux ans, nous ne nous étions retrouvés que pour Gaëlla. Encore fallait-il que je m'en justifie. Comme il avait fallu que je justifie mon appétit de vivre. Parce que je n'avais pas dit aux journalistes :

« Vous savez, j'ai eu peur de mourir à l'hôpital, j'ai eu peur de me vider, de perdre mes boyaux, j'ai eu mal aux yeux, ils me font encore souffrir. Je ne pouvais pas marcher, ni tenir quelque chose dans ma main sans trembler. J'ai perdu du calcium, du magnésium et du fer ; j'avais des tas de boutons aux fesses, vous voulez voir ? » Et puis aussi : « Je n'ai pas de domicile fixe, pas de travail, je ne paie pas d'impôts en France, j'ai fait des petits boulots au noir aux Antilles, pour élever ma fille. Et notez bien que je me suis séparée de mon mari parce qu'il s'était mis à boire et qu'il était dépressif. Vous voulez que je raconte la violence en détail ? Vous voulez savoir quel jour à quelle heure il a levé la main sur moi ? À quel moment je lui ai dit : "Salut, fais ta vie de ton côté, moi du mien." »

Et encore et surtout : « Vous savez, un homme, c'est compliqué. Il est père de famille à vingt ans, et il n'assume pas, mais à cinquante il se raccroche à une petite fille de cinq ans. Et la petite fille qui ne connaît pas la vie de son père, qui s'en moque, elle l'aime, elle veut être avec lui ! Ce n'est pas un monstre et je ne peux m'arroger le droit de la priver de son père ! Quand on s'est aimés longtemps, on ne peut pas se détester à ce point ! Vous voulez que je vous explique l'amitié ? »

Pour lui, je demande le respect, il n'est plus là pour se défendre. Moi seule ai le droit de dire qu'il n'était pas parfait, qu'il a eu des faiblesses, et qu'il est mort comme il avait vécu, à l'aventure. Il était le père de ma fille, c'est la seule chose importante.

J'ai accepté de raconter mon histoire à *Paris-Match*. Parce que la journaliste qui me l'a proposé était la seule à être compréhensive. Et le cachet qu'on m'a donné pour cela m'a permis de survivre. Eh oui ! survivre, toujours survivre. Manger, avoir un lit pour dormir, sans se réfugier chez les autres. Mais j'ai dû aussi me cacher pour aller jeter des fleurs dans la mer, en souvenir de ma fille, sans que les journalistes me suivent à la trace.

À l'hôpital, j'avais demandé un prêtre. Je voulais une bénédiction pour elle. La seule réponse a été :

« Un prêtre pour vous confesser ? »

Je me suis battue aussi pour que l'histoire paraisse entièrement dans un journal spécialisé, *Voiles et Voiliers*. Écrite par un homme de mer, qui sait de quoi il parle. Afin que notre expérience tragique serve de leçon positive aux autres. Qu'ils apprennent à vérifier les radeaux de survie, autrement qu'au dernier moment.

Enfin j'ai décidé de rencontrer un éditeur pour me soulager définitivement du poids de mon histoire. Dans tout ce fatras d'accusations, j'avais le sentiment de ne l'avoir jamais racontée à personne. De ne pas avoir eu le temps de le faire devant une oreille patiente, qui ne juge pas *a priori,* mais reçoive simplement mon récit. Certes, j'entends déjà les voix des spécialistes du « psy » dire :

« Mais pourquoi ne pas faire une thérapie ? Pourquoi pas un psychiatre au lieu d'un livre ? Un livre c'est indécent, ça se vend ! »

Au risque de choquer, ce qui n'a plus d'importance pour moi, je répondrai qu'un divan ça se paie, de toute façon. Or le magnétophone qui a enregistré mon histoire reste dans mes moyens, psychologiques et financiers. Je refuse de pleurer devant un psychiatre. Je refuse de pleurer tout court. De faire une seule concession au misérabilisme mental.

J'ai tout perdu. Je n'avais que ma fille, elle était plus que tous les comptes en banque du monde. Je suis ruinée de sa disparition, c'est vrai. Coupable devant ma mère de ne pas avoir ramené dans mes bras son petit corps si solide et si fragile. Mais c'est un conflit entre nous, privé. Je supporte mieux de ne pas avoir une tombe à visiter. Je n'appartiens pas à ces survivants qui ont besoin de se lamenter sur une pierre, ou une plaque commémorative, un monument éternel du souvenir. Je garde l'image de Gaëlla vivante, son sourire ne me fait pas peur. Elle dort dans la mer.

Je fais partie de ces survivants qui refusent le chagrin. À quoi sert de se lamenter le reste d'une existence ? La logique, la mienne, voudrait que l'on se suicide dans ce cas. À mon sens, on ne crie pas « je veux mourir de chagrin », sans le faire.

J'ai failli me suicider dans ce radeau, j'étais sous le choc. Le destin en a décidé autrement. À la première manifestation de vie dans le ciel, j'ai relevé la tête. J'ai tendu les bras avec reconnaissance, j'ai remercié la terre de me récupérer.

Je suis donc une survivante à vie. C'est ma réponse. Je suis en vie, « on » m'a autorisée à vivre, j'ignore combien de temps encore, mais pendant ce temps-là je veux voir des fleurs, la beauté, refaire un enfant, aimer encore. Je veux être mère jusqu'à ma mort.

Maintenant que l'histoire est dite, une fois pour toutes, je me sens délivrée. Sans haine, sans remords et sans culpabilité, je vais tout simplement continuer à vivre, avec l'expérience de ma tragédie comme bagage supplémentaire. J'aime avoir un avenir devant moi. J'aime que le soleil se lève, même sur la mer, j'aime la vie, une tranche de pain, la pluie, le passant qui flâne, une robe fraîche, le sourire d'un copain. J'aime d'avance chaque jour à venir. Plus fort qu'avant.

Vivre, j'espère pouvoir le faire en un lieu où personne ne me connaît, où nul ne posera de questions sur le passé, à moins que je ne fasse moi-même librement les confidences que je souhaite.

Vivre, c'est la seule chose qui compte, tant qu'on n'est pas mort.

Paris, août 1995.

L'odyssée du *Jan Van Gent*

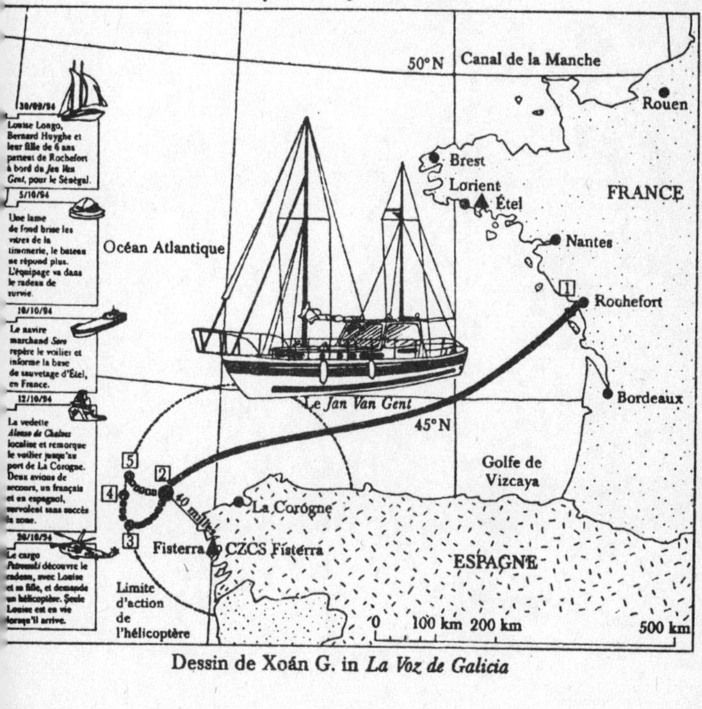

Dessin de Xoán G. in *La Voz de Galicia*

Le lendemain j'étais souriante 7
Larguer les amarres 11
Le silence de la mer 57
Les jours 101
La fin 117
La terre 133

4599

Composition Jouve
Achevé d'imprimer en Europe (France)
par Maury-Eurolivres - 45300 Manchecourt
le 10 août 1999.
Dépôt légal août 1999. ISBN 2-290-30099-3
1er dépôt légal dans la collection : septembre 1997.

Éditions J'ai lu
84, rue de Grenelle, 75007 Paris
Diffusion France et étranger : Flammarion